KB000238

우진 현대 판타지 장편소설

WISHBOOKS MODERN FANTASY STORY

다시 태어난 베토벤

다시 태어난 베토벤 12

우진 현대 판타지 장편소설

초판 1쇄 찍은 날 | 2020년 5월 21일
초판 1쇄 펴낸 날 | 2020년 5월 28일

지은이 | 우진
펴낸이 | 예경원

기획 | 위시북스
편집책임 | 이은송
편집 | 위시북스

펴낸곳 | 예원북스
등록번호 | 제396-2012-000132호
등록일자 | 2012. 7. 25
KFN | 제1-537호

주소 | 경기도 고양시 일산동구 호수로 646-24 위너스21II빌딩 206A호 (우)10401
전화 | 031-819-9431 팩스 | 031-817-9432
E-mail | yewonbooks@naver.com

ISBN 979-11-365-2632-8 04810
        979-11-6424-234-4 (set)

우진 현대 판타지 장편소설
WISHBOOKS MODERN FANTASY STORY

다시 태어난 베토벤

12

CONTENTS

67악장 클래식   7

68악장 그 사람   57

69악장 잊을 수 없는   121

70악장 희망을 주고 간 사람   159

71악장 추방의 역사를 들으며   191

72악장 버라이어티 쑈   247

73악장 신년 음악회   311

· 67악장 ·

클래식

영원할 것 같던 OOTY 오케스트라 대전은 이제 런던 심포니와 암스테르담 로얄 콘세르트헤바우 오케스트라의 3, 4위전과 시상식 무대만을 남기고 있었다.

대회 기간 총 6개월.

참가 악단 총 128곳.

참가자 14,727명.

세계 클래식 음악 협회 주최.

잘츠부르크시, 유럽 오케스트라 운영 위원회, 라이브베이션 주관.

WH그룹, 미시시피, 고글, 뉴튜브, 위너 클래식, 그라모폰, 유니온스 뮤직 그룹 외 21개 사 후원.

누적 시청자 13억 8천만 명.

누적 조회 수 42억 7,102만 뷰.

세계인의 축제라는 말이 과언이 아닌 OOTY 오케스트라 대전은 클래식 음악계의 메가 이벤트로 자리 잡으며 지금도 수많은 기록을 경신하고 있었다.

자연스레 경쟁 요소를 도입하여 대규모 경제 효과를 일으킨 오케스트라 대전의 다음 개최지에 대한 각국, 지방자치단체, 후원사들의 관심이 쏠리게 되었다.

그 중심에 대한민국의 천재, 인류의 희망으로 불리는 마에스트로 배도빈이 있었다.

"하하하하!"

파이널라운드를 마친 베를린 필하모닉은 숙소로 활용하던 호텔의 스카이라운지를 빌려 음악과 술 그리고 기쁨을 만끽했다.

무뚝뚝하기로는 세계 제일이라던 빌헬름 푸르트벵글러는 자축 파티 내내 호탕하게 웃어, 그가 얼마나 기뻐하는지 누구나 알 수 있었다.

"이 녀석아! 뭐 하고 있어?"

큰 소리로 웃던 푸르트벵글러가 잔뜩 인상을 쓰고 있는 배도빈에게 물었다.

대답은 없었고 무엇이 그를 노하게 했는지 고민한 푸르트벵글러는 곧 씩 웃었다.

"심사 위원단 점수가 마음에 안 드느냐?"

"누가 그딴 거 신경 쓴다고 그래요."

"학하하하! 신경 쓰는구만! 삐졌네, 삐졌어!"

"아니야!"

"자, 자! 음악도 모르는 놈들 무시하고 마셔라. 다들 술 채워져 있냐!"

"예!"

푸르트벵글러가 오른팔로 배도빈을 두른 채 잔을 높이 들어 올리자 단원들이 힘차게 대답했다.

벌써 꽤 많은 술을 마셨음에도 멈출 생각이 없었다.

"음? 잔이 아까 그대로 아니냐."

"적당히 좀 마셔요."

"오오. 말 한번 잘했다. 이렇게 기쁜 날에 적당한 정도는 얼마냐!"

"배럴! 배럴!"

합을 맞춰 헛소리해대는 동료들에게서 빠져나오기 위해 배도빈은 사력을 다했지만.

단원들은 그런 배도빈을 놓아주지 않았다.

"애들아! 보스께서 맥주가 필요하신 모양이다!"

"아니야!"

"여기, 여기!"

취객들이 적당히 자리를 빠져나오려던 배도빈을 붙잡았다.

배도빈이 바둥거렸으나 그 작은 몸으로는 무거운 악기로 단련된 이들을 감당할 수 없었다.

"안 마신다고!"

"마셔, 마셔."

그 모습을 조금 떨어진 곳에서 지켜보던 이승희가 턱을 괸채 흐뭇하게 미소 지었다.

"저렇게 웃는 세프랑 도빈이 정말 오랜만이네."

그렇게 말한 그녀는 고개를 돌려 나윤희를 보았다.

상큼하고 도수가 높은 녹색 칵테일이 어느새 바닥을 깔고 있었다.

"무리하는 거 아니야?"

"흐헥."

이승희의 걱정 어린 말에 나윤희는 웃을 뿐이었다.

'취했네. 취했어.'

이승희가 나름대로 파티를 즐기고 있는 나윤희에게 치즈를 먹여주었다.

"히. 나 한 잔 더."

나윤희가 술병을 찾으려고 하자 소소가 그녀의 팔을 낚아챘다.

"그만 마셔."

"으으응."

"수작 부리지 마."

취기에 기댄 애교에도 소소가 눈 하나 깜빡이지 않자 나윤희는 입을 쭉 내밀었다.

"왜. 오늘 같은 날 즐겨야지."

"안 돼. 애 눈 풀린 거 봐."

이승희의 지원에 다소 밝아졌던 나윤희의 얼굴이 소소의 단호함에 무너져 내리고 말았다.

"미도리 샤워 두 잔!"

그때 조용히 자리를 지키고 있던 나카무라 료코가 화내듯 술을 주문했다. 그러고는 소소를 보았다.

"나윤희 악장께서 마시고 싶어 하시잖아요."

소소는 말없이 료코를 쳐다보다 그녀의 입에 치즈를 쑤셔 넣었다.

우물대며 그것을 받아먹은 료코는 곧 울먹이기 시작했는데 그 모습이 처량해 보이기까지 했다.

"끅. 결승 무대 얼마나 올라가고 싶었을까. *끄윽*. 근데 술도 맘대로 못 마시게 하구욱. *끄으윽*."

나카무라 료코의 말에 나윤희도 울먹이기 시작.

두 사람은 서로를 끌어안고 당황한 바텐더에게서 칵테일을 받아 호쾌하게 마셨다.

"어머머. 야, 그만 마셔."

"싫어!"

나윤희와 료코가 또 술을 들이켰다.

소소와 이승희는 취할 대로 취해 주정 부리는 둘 때문에 결국 웃음을 터뜨렸다.

그 순간이었다.

"와아아아!"

파티장에 함성이 가득 울렸다.

깜짝 놀란 이승희와 소소가 고개를 돌리자 그곳에 얼굴이 빨갛게 달아오른 배도빈이 테이블 위에 올라가 있었다.

"바이올린 가져와!"

"하는 거냐! 하는 거야?"

"루트비히의 연주를 들려주지!"

"크핳하하! 베토벤, 베토벤이냐?"

"베토벤이 아니라 베트호펜이다!"

"난 우리 보스 저런 말도 안 되는 자신감이 좋더라. 킥킥킥킥."

"도, 도빈아. 내려와. 위험하잖아."

"시끄러!"

"그럼 내가 빠질 수 없지."

막무가내로 나선 배도빈과 열광하는 단원들, 걱정하는 케르바 슈타인과 자기도 끼려는 찰스 브라움으로 인해 파티장은 아수라장이었다.

그 광경에 어이가 없어진 이승희와 왕소소가 서로를 보았고.

"나도 할래!"

이승희가 중앙으로 달려 나갔다.

왕소소는 고개를 슬며시 젓고는 초콜릿 케이크를 한 아름 챙겨 자신의 방으로 발을 옮겼다.

머리가 깨질 것 같다.

푸르트벵글러와 단원들에게 둘러싸여 술을 마신 것까지는 기억이 나는데 눈을 떠 보니 방 안이다.

'몇 시지.'

힘겹게 고개를 들어 시간을 확인하니 오후 3시.

암스테르담과 런던의 3, 4위전에는 늦지 않을 것 같다.

샤워하고 라운지로 내려가니 몇몇 단원이 커피를 마시고 있었다.

"오, 깼어?"

"어제 대체 얼마나 마신 거예요?"

"우리도 몰라. 넌 기억할 줄 알았는데 아무래도 좀 더 기다려 봐야겠네."

"……."

다들 어제 일을 기억하는 사람을 기다리는 모양이다.

커피를 주문하고 눈을 감았더니 또 금방 졸음이 몰려왔다.

'예전처럼 마셨다간 죽겠는데.'

이 몸은 술이 약한 모양.

다시는 이러지 않겠다고 다짐하곤 커피를 마시고 있자 최지훈이 내려왔다.

다소 피곤해 보인다.

"좀 어때?"

"죽겠어. 다신 안 마실 거야. 넌?"

"……."

대답이 없다.

무슨 일이 있는 것 같아 추궁하자 녀석이 내 기억을 찾아주었다.

"새벽에 문 두들겨서 피아노 치자고 한 누구 덕분에 잠 설쳤어."

그랬구만.

"기억 안 나?"

고개를 끄덕이자 최지훈이 믿을 수 없다는 듯 미간을 좁혔다.

"그 와중에 즉흥 연주를 한 거야?"

"내가?"

"응. 처음 듣는 곡이었어. 따라라라라라."

최지훈이 입으로 멜로디를 불렀는데 이런 낭패가.

녀석에게 주려고 만들고 있던 A108의 일부를 연주했던 모양이다.

좀 더 좋은 자리에서 들려주려 했더니 취하긴 취했었나 보다.

"연주회는 갈 수 있겠어?"

"가야지. 흔히 들을 수 있는 공연이 아니잖아."

일상으로 돌아가면 바쁜 일정으로 다른 악단의 공연을 직접 들을 기회가 줄 수밖에 없다.

게다가 브루노 발터와 마리 얀스가 경쟁하기 위해 전력을 다한 연주라면 더더욱.

오케스트라 대전의 장점 중의 하나가 한자리에서 훌륭한 오케스트라의 공연을 여럿 들을 수 있는 것이니만큼 3, 4위전은 놓칠 수 없다.

그건 단원들에게도 마찬가지.

특히 경험이 적은 B팀에게 그만큼 좋은 공부도 없다.

핸드폰을 꺼내 멀핀 과장에게 전화를 걸었다. 통화음이 채 세 번이 울리기도 전에 그녀의 목소리를 들을 수 있었다.

-네, 보스. 몸은 좀 괜찮으세요?

모르긴 몰라도 보는 사람마다 안부를 물으니 어제 정말 무리했던 것 같다.

"괜찮아요. 부탁 좀 하려고요."

-뭐든지요.

"대부분 자는 것 같은데 단원들 좀 깨워서 공연장으로 갈 수 있게 해주세요. 예외 없이."

이자벨 멀핀이 웃었다.

-네. 그렇게 할게요.

통화를 마치고 커피를 머금자 최지훈의 시선을 느껴졌다.

고개를 돌렸다.

"왜 그렇게 봐?"

"그냥."

예전처럼 또 내가 너무 멀리 간 것처럼 느끼는 것 같진 않다.

어렸을 적부터 멘탈이 좋긴 했지만 최근 몇 번의 일로 한층 더 성장했으니 저 맑은 눈동자가 보고 있는 것은 분명 다른 이유가 있으리라.

최근엔 잘츠부르크에서 거리 연주를 하는 등 여러 가지로 다른 시도를 하고 있다고 알고 있는데.

오케스트라 대전을 치르느라 자세히는 알지 못한다.

"수고했어."

"재밌었지."

서로 고개를 끄덕이곤 잠간의 여유를 누렸다.

최지훈이 입을 열었다.

"저번에 네 오케스트라에 들어오라 했잖아."

"응."

"그거 조금 기다려 줘."

그제야 녀석이 무엇을 바라보고 있는지 알 수 있었다.

"퀸엘리자베스 콩쿠르에 나갈 거야. 거기서 우승하고 갈게."

"쇼팽이랑 차이코프스키에서 우승해 놓고?"

나로서도 최지훈의 목표가 다소 황당하게 느껴졌다.

피아니스트에게 레퍼토리가 다양한 것은 큰 장점이지만, 한 작곡가의 무수히 많은 곡을 깊이 있게 다루는 것만으로도 거장의 반열에 들 자격으로 충분하다.

자격 요건을 떠나 세계 최고의 권위를 가진 콩쿠르에서 우승을 차지하는 것만으로도 대단한 일이고.

최지훈은 이미 두 개 대회에서 우승함으로써 자신의 실력을 입증했었다.

그런데 거기에 나머지 하나를 더한다니.

'쉽지 않은데.'

그러나 저 맑고 곧은 눈빛이 녀석의 진심을 보여주고 있기에 어떤 어려운 일이라도 응원할 수밖에 없었다.

"그래. 세계 최고의 오케스트라의 퍼스트 피아니스트라면 그 정도는 해야지."

"응."

최지훈이 시원하게 웃었다.

그러고는 내 커피를 가져가 한 모금 마시곤 속내를 털어놓았는데, 아니나 다를까 녀석이 황당무계한 말을 꺼냈다.

"새로운 연주법을 익히고 있어. 어렵긴 하지만 어떻게든 잘할 수 있을 것 같아서."

"새로운 연주법?"

"응. 완성하면 들려줄게. 언제가 될지는 모르겠지만 꼭 해낼 거야."

뭔지는 모르겠지만 반드시 해낼 거라 믿는다.

"불새 협주곡. 질투 났거든."

고개를 돌리자 최지훈이 씩 하고 웃었다.

"나랑 협연했을 때보다 더 감동이었으니까. 악기가 다르긴 하지만 지지 않을 거야."

이 끝없고 순수한 향상심이.

피아니스트 최지훈의 가장 큰 원동력이리라.

"기대할게."

진심으로 그날을 기다려 본다.

"우승했다고 얼굴이 폈구만."

"아, 가우왕 씨."

"그래."

최지훈과 대화하는 도중 가우왕이 찾아왔다.

최지훈과도 인사를 나눴는데, 지금까지 녀석을 대하던 모습과 사뭇 달랐다.

관심 없는 인간과는 눈도 안 마주치고 그나마 인정하는 사람도 건방지게 대하는 그가 최지훈과 악수까지 하니 신기할 따름이다.

전에도 인사를 나누긴 했지만 팬을 대한다는 느낌이었고.

확실히 가우왕의 심경에 무슨 변화가 있었던 듯하다.

"뭘 그렇게 봐?"

"왜 여기 있어요?"

"무슨 말이야?"

바쁘다고 하면서 오케스트라 대전 일정 내내 잘츠부르크에 붙어 있는 걸 보면 실은 한가한 모양.

"한가해 보여서요."

"누구 때문에 남았는데!"

"아."

열렬한 팬에게 실례를 저지르고 말았다.

"그래요."

반성하고 있자 가우왕이 황당하다는 듯 최지훈에게 불평을 해댔다.

"······야, 애 때려도 되냐?"

"하핫. 도빈이가 너무 했어요."

최지훈과 가우왕이 차를 주문하고 돌아왔다.

"그러고 보니 할멈이 네 이야기 하더라."

"네?"

"지메르만."

"······."

나는 최지훈의 저런 표정 처음 본다. 밑도 끝도 없는 바보를 보는 얼굴이다.

"크리스틴 지메르만 선생님을 그렇게 말씀하시면 어떡해요!"

"난 그래도 돼."

가우왕은 피아노를 잘 못 다뤘다면 분명 굶어 죽거나 누군가에게 맞아 죽었을 것이다.

"그 사람이 지훈이는 왜요?"

"뻔뻔하고 재수 없지만 재능 있는 사람은 좋아하거든."

스승이라더니 둘이 꼭 닮은 모양.

최지훈의 표정이 밝아졌다.

"저도 기회가 된다면 꼭 만나 뵙고 싶어요."

"그럴 거 같아서 말해준 건데, 만나지 마. 가능한 평생."

가우왕이 진심으로 최지훈을 말렸다.

"꼰대도 그런 꼰대가 없어. 내가 그 마귀할멈 밑에서 2년간 타건 연습만 한 걸 생각하면 자다가도 벌떡 일어나. 행여나 같이 피아노 배우자고 하면 당장 도망쳐."

가우왕의 타건이 그렇게 빠르면서도 단단할 수 있었던 이유를 들은 것 같다.

이미 여러 국제무대에서 활약하고 있던 실력자에게 2년간 타건 연습만 시켰다는 사실만으로도 크리스틴 지메르만이란 피아니스트가 얼마나 철저한 사람인지 알 수 있었다.

"그래도 그렇게 해서 최고의 피아니스트가 되셨잖아요."

최지훈의 말에 쉼 없이 꿍얼거리던 가우왕이 멈췄다.

기분이 좋은 모양이다.

"그건 내가 잘나서지. 그리고 지금 너도 누구의 가르침이 필요한 상태는 아니야."

"음. 생각해 볼게요."

"그래."

내 생각에도 이미 최지훈은 누군가의 도움으로 이를 수 있는 영역을 넘어선 지 오래다.

만약 그렇지 않았더라면 내가 먼저 나서서 봐줬을 테니 크리스틴 지메르만이 아니라 그 누구라도 최지훈에게 영향을 주는 사람은 없었으면 한다.

"그나저나 베를린은 내일 뭐 하나?"

"집에 가야죠."

"뭔 소리야 이건 또. 앙코르 무대 서야 할 거 아냐. 못 들었어?"

기억을 더듬으니 아닌 것 같으면서도 들었던 것 같기도 하다.

당장 언제까지 준비해야 하는 정도는 신경 썼지만 대회 일정이나 약관 따위 관심 밖인 게 당연하다.

결승도 준결승도 그 전부터 그런 걸 신경 쓰며 상대할 수 있는 사람들이 아니었으니.

-빠바바밤! 빠바바밤!

마침 멀핀에게서 전화가 왔다.

두 사람과 대화하다 보니 벌써 시간이 꽤 흐른 모양이다.

"벨소리가 베토벤 C단조야? 중증이네."

"저도 신기했는데 잘 들려서 의외로 좋아 보이더라고요."

가우왕과 최지훈의 대화를 무시하곤 전화를 받았다.

"네, 멀핀."

-단원들 다 모였어요. 곧 출발하실 거죠?

"그래야죠. 그런데 내일 공연해야 하는 게 사실이에요?"

-네. 대회 시작 전에 안내해 드렸는데 잊으셨나 보네요.

우승 이외에 관심이 없었을 뿐이다.

-부담 갖지 않으셔도 돼요. 어차피 번외라서.

"그럴 순 없죠. 지금 내려갈게요."

통화를 마치고 일어났다.

"가자. 가우왕도 갈 거죠?"

"그래."

로비로 내려가자 단원들이 모여 있었다.

어제 연회의 여파가 상당해 퀭한 안색은 기본이고 서 있기도 버거워하는 사람도 있다.

"보스……."

"도빈이다……."

"오늘은 쉬면 안 될까?"

"안 돼요."

경험이 부족한 이들에게 런던 심포니와 암스테르담 오케스트라와 같은 완성도 높은 연주만큼 좋은 공부도 없다.

더군다나 C팀이 꾸려지게 되면 그럴 여유가 더 없어지니 이번 기회를 놓칠 순 없다.

다음에는 다른 오케스트라도 더욱 성장해서 나올 테니 말이다.

"내일 앙코르 무대도 올라야 하잖아요. 연주회 듣고 저녁 먹은 다음 짧게라도 맞춰볼 거니 다들 힘내요."

"어?"

말을 마치기도 전에 다 죽어가던 단원들이 두 눈을 크게 뜨고 달려들었다.

어깨를 붙잡고 흔들거나 거의 울기 직전인 얼굴로 현실을 부정한다.

"그게 무슨 말이야?"

"내일은 그냥 하던 대로 하면 되잖아! 번외라고!"

"번외라도 무대에 오르는 일이에요. 대충은 용납할 수 없어요."

단호히 말하자 날 붙잡고 있던 손이 힘없이 떨어졌다.

"……노이어 수석 말이 맞았어."

"무슨 말이요?"

"……악마라고. 끄으윽. 나 진짜 쉬고 싶어. 꾹."

"자고 싶어요……."

가만 듣고 있자니 조금 불쌍해지기도 하다.

"늦겠어요! 우선 서둘러 가죠."

때마침 멀편 과장이 재촉해 공연장으로 향하는데 가우왕이 단원들을 둘러보곤 한마디 했다.

"거의 시첸데?"

"일정이 빠듯했으니까요. 두 달 내내 쉬지 않고 달렸는데 지칠 만하죠."

최지훈이 거들었다.

확실히 매주, 후반에는 며칠마다 한 곡씩 준비해야 하는 일정 때문에 베를린뿐만 아니라 다른 악단도 무리하긴 마찬가지였다.

보통은 연주의 완성도를 위해 두 달 이상 준비해야 하는 신곡들을 단기간 안에 준비해야 했으니 이해 못 할 것도 없다.

완성도가 떨어지는 게 불만이긴 했지만 지금까지 잘 따라와 준 단원들도 한계를 넘어섰을 터.

그런 이야기를 공연장에서 만난 푸르트벵글러와 사카모토에게 전했더니 한쪽이 노발대발했다.

"단 한 번이라도, 어떤 무대라도 최선을 다해야지!"

맞는 말이다.

"껄껄. 하지만 정상적인 일정은 아니지 않은가."

사카모토 료이치의 말도 맞다.

고민할 수밖에 없는 문제라 방법을 찾지 못하고 고민하던 중, 사카모토가 슬쩍 제안했다.

"어차피 어떤 형태든 상관없다면 도빈 군이 나서는 건 어떤가. 독주는 오랜만이고."

"독주요?"

사카모토가 고개를 끄덕였다.

"다들 얼마나 바라는지는 결승 무대에서 솔로로 나섰을 때 반응으로도 알 수 있지. 연주자로선 오래 쉬었으니 괜찮은 방법 같은데."

"저도요! 저도 보스의 독주 듣고 싶어요!"

"야, 너도?"

"나도! 나도!"

사카모토가 말을 끝내기 무섭게 단원들이 달려들었다.

"아닌 거 같은데."

"상황이 이상해서 그래! 진짜야!"

단원들을 의심스럽게 보는데 소소가 내게 다가와 손짓했다.

귀를 빌려달란 뜻 같아서 가까이 가니 그녀가 재밌는 발상을 전해주었다.

한 번도 해본 적 없는 일이라 가능한 일인지 알아봐야 할 듯해 멀핀에게 부탁하니 3, 4위전이 끝나기 전까지 알아봐 놓겠다고 믿음직하게 나섰다.

그녀가 생각하기에도 재밌을 것 같은 모양이다.

'멀핀 연봉은 확실히 올려줘야겠어.'

이번 오케스트라 대전에서 이자벨 멀핀 과장이 없었더라면 상당히 불편했을 테고 그녀의 처우는 분명 개선해 줘야 한다.

'다른 단원들도.'

나와 푸르트벵글러를 비롯해 베를린 필하모닉은 그 명성과 달리 연봉 문제에 있어서는 그리 취급이 좋지 못했다.

내가 돌아오기 전까지만 해도 가장 많은 수익을 올리는 디지털 스트리밍 서비스가 활성화되지 못했던지라 재정 문제가 심각했던 것.

여러 기업의 지원이 없었다면 그마저도 제대로 유지할 수 없었을 거란 말에 놀라지 않을 수 없었다.

다른 오케스트라 상황은 더 나쁘다는 말에는 더더욱.

'여전히 스폰이 없으면 유지하기 힘들다니.'

그 문제는 차치하고, 아무리 재정이 열악하다 해도 세계 최고의 오케스트라의 베테랑 연주자들에게 어울리는 액수는 아니었다.

다른 오케스트라였다면 적어도 수석급 대우를 받았을 A팀 단원들의 평균 연봉은 10만 유로(한화 약 1억 2,700만 원)였고 수석급이 11만 유로.

B팀은 6만 유로에 수석이 8만 유로로 책정되어 있었다.

평단원의 연봉은 납득 가능한 수준을 맞춰주긴 했지만 문제는 수석급부터 시작되었다.

수석, 악장단에 이르러서는 재정 문제로 인해 본인들이 크게 양보해 표준이라는 '1:4:20=단원:악장:지휘자' 비율에 크게 미치지 못했다.

악장 중에서 최고참인 케르바 슈타인의 연봉이 24만 유로, 푸르트벵글러는 89만 유로로 베를린 필하모닉의 구성력은 수익보다는 개인의 자부심과 소속감에 기대고 있었다.

푸르트벵글러와 악장들의 희생으로 일반 단원들의 연봉을 확보하지 못했더라면 아마 수십 년간 이적이 없었던 대기록은 불가능했을 것이다(레몽 도네크라는 예외가 있긴 하지만).

'지금 돈 잘 벌잖아. 보상을 해줘야지.'

하지만 디지털 스트리밍 서비스가 활성화된 지금 급여 문제는 분명 짚고 넘어가야 한다.

그런 생각과 하고 있자니 어느덧 암스테르담 오케스트라가 준비를 마치고 있었다.

"마에스트로!"

이어서 나온 마리 얀스.

여전히 순백의 정장을 입고 머리를 차분히 뒤로 넘긴 그가 포디움에 올랐다.

곧 그의 모차르트가 연주되기 시작했고, 암스테르담만의 담백하면서도 차분한 카리스마가 콘서트홀 안에 모인 관객들을 녹였다.

'아아.'

절제의 미학.

마리 얀스가 지휘하는 암스테르담 로얄 콘세르트헤바우 오케스트라는 정말이지 장인이 세공한 보석과도 같다.

아름다움을 목도한 이들이 느끼는 경외와 경애.

애타게 갈구할 수밖에 없는 그 감정을 과하지도 덜하지도 않게 가장 완벽한 형태로 전한다.

암스테르담의 연주자들로 인해 뻗어나간 아마데란 이름의 스펙트럼.

그것이 저들이 왜 지난 수십 년간 베를린 필하모닉과 함께 세계 최고의 오케스트라로 군림했는지 알 수 있는 근거였다.

'가장 명확한 이유지.'

확실히 저들의 연주 완성도는 베를린 A와 빈 필, 런던 심포니와 더불어 최고 수준이다.

"브라보!"

연주가 끝나자 마음이 동한 이들이 일어났다.

마리 얀스를 연호하는 목소리와 손뼉 치는 소리에서 그들이 얼마나 행복해하는지 느낄 수 있다.

대기 시간을 두고.

런던 심포니가 무대에 올라섰다.

마리 얀스 못지않은 환호를 받으며 등장한 브루노 발터가 준비한 곡은 슈만.

런던 심포니는 놀라운 수준의 현악기로 농밀한 감성을 표현, 지친 몸과 영혼을 달래주었다.

이들도 암스테르담도 대회라는 규격이 아니었다면 3, 4위에 절대 만족할 수 없을 것이다.

아니, 지금도 칼을 갈고 있을 것이다.

마치 그 당시의 빈처럼.

오케스트라 대전을 온몸으로 느끼고 있자니 수많은 천재가 치열하게 경쟁했던 당시의 빈으로 돌아간 듯하다.

이렇게나 훌륭한 음악가들이 함께하는데 클래식이 무너질 거라니.

있을 수 없는 일이다.

♪

암스테르담 로얄 콘세르트헤바우 오케스트라와 런던 심포
니의 공연을 관람한 뒤 약속 장소에 모였다.

주먹을 꽉 쥐고 눈을 무섭게 뜬 걸 보니 료코도 즐거웠던 모
양이다.

어제 조금은 친해진 기분이라 말을 걸기 전에 무슨 대화를
해야 좋을까 생각했다.

'재밌었냐고 물어봐도 되겠지?'

'재미없었다고 하면 어쩌지?'

'그런 뒤엔 무슨 말 하지?'

'아, 저녁. 저녁 물어봐야겠다.'

머릿속으로 이야기를 정리한 뒤 입을 열었다.

"재밌었지?"

더듬지 않고 잘 말해서 다행이다.

할 말을 생각해 두면 말을 더듬지 않아서 좋다.

하지만 그러지 않아도 큰 료코의 눈이 더 커져서 깜짝 놀랐다.

착한 사람이라는 걸 알면서도 아직은 조금 무섭다.

"네. ……나윤희 악장은요?"

"나, 나도."

어쩌지.

갑자기 머리가 하얗게 돼서 무슨 말을 하려 했는지 까먹고 말았다.

고맙게도 료코가 대화를 이어주었다.

"저 말 잘 못하니까."

"어, 어?"

"신경 써주지 않으셔도 돼요."

료코의 화난 것 같은 얼굴이 실은 수줍어하고 있음을 알 수 있었다.

고개를 숙이고 웃으니 료코도 살짝 뒤로 물러나 곁에 섰다.

억지로 말하지 않아도 된다고 생각하니 안정된다.

"보스는?"

"곧 오겠지. 끄으아! 빨리 연습하고 싶다."

단원들을 둘러보니 공연을 보기 전까지만 해도 다들 지쳐 있었는데 어느새 기운을 되찾은 것 같다.

다행이다.

"아까까지만 해도 다 죽어가던 놈이 무슨."

"그런 연주를 들었는데 어떻게 가만있냐?"

단원들의 대화에 웃고 말았다.

나도 같은 생각이니까.

암스테르담 오케스트라의 연주를 들으니 당장에라도 바이올린을 쥐고 싶다.

올해는 결승도, 준결승도 함께할 수 없었지만 다음에는 꼭 그러고 싶다.

"아, 저기 오네."

누군가의 말에 고개를 돌리니 도빈이가 오고 있다.

가장 힘든 역할을 맡았으면서도 끝끝내 결승전에 데려가겠단 약속을 지켜줘서 너무나 고마울 뿐이다.

"왜 이렇게 늦었어? 빨리 밥 먹고 연습하러 가자."

"밥은 비싼 걸로 먹어야겠어."

다들 의욕적이라 그 모습이 멋있어 보이기도 부럽기도 한데 도빈이가 입을 열었다.

"연습은 됐어요. 돌아가 쉬어요."

지휘자의 말에 다들 고개를 갸웃거렸다. 뒤에서 보고 있으니 그 모습이 너무 똑같아서 재밌다.

료코도 고개를 숙였는데 같은 생각을 한 것 같다.

"무슨 말이야?"

"생각해 봤는데 좋은 아이디어를 제보받아서요. 내일은 걱정 말고 푹 쉬어요."

"정말 혼자 나가게?"

"아뇨. 도와주는 사람 있어요."

"누구? 브라움 악장?"

단원들이 찰스 브라움 악장을 보았지만 어깨를 으쓱이며 모르는 일이라고 했다.

다른 사람들도 마찬가지인데 어제 소소가 도빈이에게 뭔가 말했으니 아마 둘이 무엇을 준비한 듯하다.

얼후를 연주하는 걸까?

정말 두 사람의 듀엣이라면 기대할 수밖에 없다.

"그러니 다들 걱정 말고 쉬어요. 해산."

단원들은 찝찝해하면서도 동시에 안도하는 것 같기도 했다.

"배고파."

배고픈 소소는 예민하니 서둘러야 할 텐데 마침 승희 언니에게서 문자가 왔다.

"료, 료코도 갈래?"

료코가 깜짝 놀랐다.

얼굴이 빨개져서 고개를 푹 숙이는 바람에 이유를 몰라 당황하자 소소가 대신 나서주었다.

"가자, 나카무라."

"일본에선 이름 부르는 건 예의가 아니래."

"아! 모, 몰랐어. 미안해."

"아, 아니에요. 예의가 아닌 게 아니라."

"어, 어?"

"그……. 모쪼록 잘 부탁드립니다."

결국 승희 언니를 만나기 전까지 어색한 분위기를 풀지 못했다.

차르르르륵.

잘츠부르크 대축전극장 앞에선 카메라 플래시 소리가 끊이질 않았다.

전 세계를 10주간 뜨겁게 했던 클래식 음악계의 거장들이 한자리에 모였기에 각 언론에서는 인력을 최대한 풀었다.

아사히 신문의 베테랑 기자 이시하라 린마저 이렇게 치열한 인터뷰 쟁탈전은 처음이었다.

"제르바 루빈스타인! 올해 결과에 대해 어떻게 생각하십니까!"

"발터 경! 발터 경! 암스테르담에게 아쉽게 패하셨습니다. 내년에는 어떤 각오로 나오실 건가요!"

"마에스트로 토스카니니! 이쪽 좀 봐주세요!"

"이이익! 좀 비켜 봐요!"

레드카펫을 지나는 거장들과 단 한 번의 인터뷰라도 따내고 싶었지만 보안 요원과 경쟁 언론사 그리고 무뚝뚝한 음악가들로 인해 지쳐갈 즈음.

"이시하라 씨, 저기!"

카메라맨이 반가운 소식을 전했다.

베를린 필하모닉 B 소속으로 훌륭히 제 몫을 소화한 나카무라 료코.

비록 주목받는 인물은 아니지만 일본 내에서는 비올라의 카리스마로 사랑받고 있었다.

더군다나 그 옆에는.

"미스 나! 부상 회복은 아직인가요?"

"결승전과 준결승전에서 출전하지 못한 대신 뒤에서 도왔다고 들었습니다. 정확히 무슨 일을 맡으셨나요!"

"소소 양! 한 번만 웃어주세요!"

단 한 번의 무대로 세계적 스타가 된 나윤희와 왕소소가 함께 있었기에 이시하라 린은 더욱 간절해졌다.

"료코! 나야! 나! 이시하라 린!"

그녀의 외침에 깜짝 놀란 료코가 이시하라 린을 쏘아보았다.

'나 정말 뭐 잘못했나?'

볼 때마다 싫어한다는 느낌을 받은 이시하라 린은 상처받았지만 애써 무시하곤 살갑게 웃었다.

그랬더니 나카무라 료코가 다가가 어색하게 인사했다.

"안녕하세요. 빨리 지나가야 해서 오래 못 있어요."

"미안, 미안. 금방 끝낼게. 자, 나카무라 료코 씨, 우승을 축하합니다. 드디어 수상식인데 소감이 어떠신가요?"

"좋았어요."

너무도 간단한 대답에 이시하라 린이 금방이라도 울 것 같자 나카무라 료코가 말을 덧붙였다.

"B팀은 누구도 우승할 수 있을 거라고 생각하지 않았어요. 도빈 군, 아니, 감독은 아니었지만. 열심히 따라가다 보니 결과가 좋았어요. 또, 제가 무슨 역할을 해야 하는지도 알 수 있었고요."

"정말 좋은 경험이었던 것 같네요. 베를린 필하모닉에서 분투 중인 나카무라 료코 씨와의 인터뷰였습니다."

이시하라 린은 만족하여 정리 멘트를 날린 뒤, 은근슬쩍 마이크를 나윤희에게로 향했다.

"안녕하세요, 나윤희 씨."

어색한 한국말에 흐뭇하게 지켜보던 나윤희가 깜짝 놀랐다.

"네, 네. 아, 안녕하세요."

"의상이 멋진데요? 세 분이 친하신가요?"

'어쩌지.'

나윤희는 성급히 나섰다가 나카무라 료코가 싫어하면 어쩌나 걱정했다.

"네, 네."

의도대로 인터뷰가 이어져 이시하라 린은 신이 나 다시금 마이크를 료코에게 돌렸다.

그러자 그녀가 시키지도 않은 말을 늘어놓았다.

이시하라 린에게 있어서는 최고의 형태였다.

"나윤희 악장은 제 목표예요. 전 언젠가 나윤희 악장 같은 연주자가 되고 싶어요."

"료, 료코."

"늦었어."

입장이 벌써 꽤 지연되었기에 왕소소가 두 사람을 밀었고 이시하라 린은 좀 더 두 사람의 관계를 묻고 싶었지만 그 정도로 만족해야 했다.

"잘 찍었지?"

"그럼요. 아. 준비. 준비."

카메라맨이 서둘러 카메라를 들자 이시하라 린이 곧바로 고개를 돌렸다.

작은 키.

그러나 이 시대 그 어떤 음악가보다 높은 곳에 위치한 거인이 리무진에서 모습을 드러냈다.

등장한 순간 모든 언론이 그에게 집중하였다.

"마에스트로! 슈피겔입니다!"

"배도빈 감독! 그라모폰에서 나왔습니다!"

"BBC에서 나왔습니다! 우승 소감 한마디 부탁드립니다!"

"스트라드입니다! 베를린 필하모닉의 향후 일정은 어떻게 되나요!"

"도빈아! 누나야!"

안전바 밖으로 필사적으로 뻗은 손과 목에 선 핏대가 그들이 얼마나 배도빈과의 인터뷰를 따고 싶어 하는지 말해주었다.

그러나 배도빈은 잔뜩 인상을 쓰고 주변을 둘러본 뒤 입에 손가락을 가져갔다.

그제야 기자들은 배도빈의 귀에 이어폰이 꽂혀 있는 걸 발견했다.

베를린의 마왕이 레드카펫을 지나 대축전극장 안으로 들어서자 언론인들은 잠시 그들의 본업을 잊은 채 서 있을 수밖에 없었다.

"조용히 하라는…… 뜻이었겠지?"

"기자 생활 10년 만에 이런 적은 또 처음이네."

"심지어 다들 조용히 했어."

"……"

"내빈 여러분, 환영합니다. 오늘 진행을 맡은 앙드레 자르제입니다."

참가자와 관객들은 오케스트라 대전 내내 사회를 맡았던 자르제 앙드레에게 뜨거운 박수를 보냈다.

그 역시 가장 큰 규모의 클래식 음악 축제를 성공시킨 인물

중 하나였기 때문이었다.

"전 세계 13억 8천만 명이 시청해 주셨던 OOTY 오케스트라 대전도 이제 마무리되었습니다. 오늘은 대회 기간 내 수많은 기록을 되짚고 참가하신 분들의 앙코르 공연을 관람한 뒤 시상식을 진행하도록 하겠습니다."

사회자 자르제의 말과 함께 무대 위에 준비된 초대형 스크린에 제1회 오케스트라 대전의 기록들이 비치기 시작했다.

참가자도 관객도 시청자 모두 그 영상으로 인해 지난 10주간의 기억을 다시금 되짚어볼 수 있었다.

1라운드부터 파이널라운드까지 단 한 번의 무대도 지나칠 수 없을 정도로 수준 높은 공연이었다.

사람들은 특별히 좋아하는 악단의 연주 이외에도 여러 오케스트라를 경험하면서 시야를 넓힐 수 있었고 그로 인해 삶이 달라지니.

그것만으로도 OOTY 오케스트라 대전은 세계 클래식 음악 협회의 주최 의도를 훌륭히 수행한 것이나 다름없었다.

"다음 순서는 제2회 OOTY 오케스트라 대전에 변경되어 적용될 사항을 안내해 드리겠습니다."

자르제의 말은 몇몇 지휘자와 오케스트라 운영 직원들에게만 전해졌을 뿐, 대다수 시청자는 그 뒤에 있을 축하 공연만을 애타게 기다렸다.

"정말 오래 기다리셨습니다. 곧장 오늘 밤을 빛내주실 분들을 만나보도록 하지요. 런던 심포니와 런던 필하모닉입니다."

런던 필하모닉과 런던 심포니의 콜라보는 아르투로 토스카니니의 완벽한 지휘와 더불어 대회의 품격을 한층 더 높여주었다.

빈 필하모닉은 요제프 슈트라우스의 천체의 음악(Sphärenklänge op.235)을 연주해 별들의 전쟁이라 불렸던 오케스트라 대전의 마지막 밤을 아름답고 웅장하게 장식했다.

"다음은 마에스트로 마리 얀스와 암스테르담의 실내관현악단입니다."

그리고 소규모 편성으로 나온 마리 얀스는 놀랍게도 그의 손자 아리엘 얀스를 독주자로 내세워 비발디의 겨울을 지휘하였다.

아리엘의 비현실적인 외모에 한때 난리가 났던 채팅창은 그가 펼치는 강인하면서도 기품 있는 심상에 말을 잃고 말았다.

관객들은 본 무대 이상의 열정으로 마리 얀스와 암스테르담 그리고 아리엘에게 감사를 표했다.

흥분이 가라앉고 사회자가 나섰다.

무대 위에는 피아노가 준비되어 있었는데, 눈치가 빠른 사람은 그것이 무엇을 뜻하는지 알아챌 수 있었다.

마지막 차례인 베를린 필하모닉에서 피아노를 두고 나머지 악기를 치웠다면, 그 의도는 쉬이 유추할 수 있었다.

"정말 환상적인 무대였습니다. 다음은."

카드를 확인한 자르제는 밝게 웃으며 모두가 기다렸던 이름을 입에 담았다.

"다음은 베를린 필하모닉을 대표해 마에스트로 배도빈의 협주가 있겠습니다."

객석에 앉은 모든 이의 얼굴이 더할 수 없을 정도로 행복해졌다.

함께한 이들과 눈을 마주하고 기쁨을 확인하거나 손을 잡았다.

이윽고.

애타는 관객들을 달래기 위해 배도빈이 무대 위에 모습을 드러냈다.

객석으로부터 뜨거운 환호가 이어졌다.

베를린 필하모닉에 입단하기 전까지 최고의 피아니스트로 활동했던 배도빈의 연주를 다시 들을 수 있음에 체면 따윈 중요치 않았다.

그저 순수한 마음으로 배도빈의 이름을 반복해 외칠 뿐이었다.

"협주라고…… 하지 않았나?"

"그러게."

관객들은 과연 누가 배도빈과 함께할지 의문을 가졌다. 무대 위에 그 외에 다른 이가 없기 때문이었다.

"혹시 사카모토 료이치 아닐까?"

"대박. 진짜 그랬으면 좋겠다. 근데 사카모토 료이치는 베를린 필 소속이 아니잖아."

"맞아. 베를린 필하모닉의 우승 기념 앙코르 공연인데 베를린 출신이 아니면 이상하지."

"난 찰스 브라움이랑 같이했으면 좋겠는데."

"내 생각엔 A팀이 따로 안 나왔으니 그쪽에서 나올 것 같아. 케르바 슈타인이라든지."

"헉. 혹시 니아 발그레이 아냐? 왜, 최근에 다시 복귀했다잖아."

"힘들지 않을까? 연주가 가능했으면 악장으로 돌아갔겠지."

"설마 푸르트벵글러는 아니겠지?"

"미쳤다."

여러 추측이 난무하는 가운데 배도빈이 피아노 앞에 앉았다.

조명이 어두워지고.

오직 배도빈과 피아노만이 스포트라이트 아래 도도하게 자리했다.

콘서트홀은 아주 작은 소리도 없이 고요하여 관객들은 고인 침조차 마음대로 삼킬 수 없었다.

배도빈이 손을 건반 위로 향했다.

마치 유리처럼.

작은 파문조차 없는 호수 위에 놓인 듯한 팽팽한 긴장감 속에서 숨을 들이쉬었다.

그 안타까운 소리가 장내에 스며들고.

마침내 연주가 시작되었다.

이슬처럼 떨어지는 음계들이.

마치 오후의 따사로운 햇살같이 상냥하게, 따뜻한 마음으로 사랑을 속삭였다.

주제의 맑고 부드러운 멜로디에 취한 관객들은 이내 배도빈이 가꾼 정원으로 들어서고 말았다.

보슬보슬 봄비가 내리기 시작한다.

잎새에 떨어지는 빗방울처럼.

깊게 누르지 않으면서도 필요한 만큼의 힘만으로 현을 때린 건반은 가장 아름다운 형태로 관객들의 마음을 적셨다.

정원에서 한가롭게 여유를 부리던 남자가 비를 피했다.

축축해진 옷과 젖은 머리를 털어내니 비강을 가득 채우는 풀 내음.

'베토벤 피아노 소나타구나.'

'31번이네.'

사랑스러운 주제음이 반복될 때마다 심상은 더욱 고조되었다.

그것은 빠르고 화려하고 빼곡하게 자리한 음표만이 정답이 아니라는 걸 말하듯.

때때로 관객의 귀를 간지럽히며 음과 음 사이의 공백조차 음악으로 승화시키고 있었다.

마치 처음 나란히 누운 연인처럼.

서로의 눈을 보다가 저도 모르게 이끌려 얼굴을 어루만지고 이마를 맞대어 조심스러운 행위 속에서 가슴만은 터질 것만 같이.

피아노를 다루는 배도빈은 아름다웠다.

그와 그의 연인이 함께 내는 노래는 더욱 아름다웠다.

그러나 드리운 먹구름.

빗줄기가 굵어질 것을 암시하는 대목에 이르러 배도빈 특유의 짙은 우수가 비처럼 쏟아졌다.

관객들의 가슴을 철렁이게 했다.

건반을 누르는 배도빈의 손은 마치 쓰러져 처절하게 바닥을 기는 이와 같았고 관객들은 이 뒤에 찾아올 절망이 두려웠다.

그러나.

'음.'

사카모토 료이치는 평소와 다른 느낌을 받았다.

다른 음악가의 곡은 뜯어고치다시피, 아니, 자신의 색으로 덧칠했던 배도빈도 유독 베토벤의 곡만큼은 원형을 유지했는데 이번 피아노 소나타 31번만큼은 이미 조금씩 달라지고 있었다.

음과 음 사이의 공백조차 아름다웠지만 마치 의도적으로 비운 듯한 느낌을 지울 수 없었다.

분명 그 자체로도 훌륭한 곡이나 무엇인가 빠진 느낌.

의문은 연주가 이어질수록 선명해졌다.

퍼즐 조각 하나를 보면 그 옆에 올 모양을 유추할 수 있듯이 배도빈이 연주하는 곡은 베토벤의 31번 피아노 소나타가 아니었다.

반쪽이 따로 있는 것처럼 들렸다.

그러한 생각이 자리 잡을 즘.

갑자기 피아노 소리가 멈추었다.

그와 동시에 콘서트홀을 채우기 시작한 아름다운 선율.

봄비처럼 내리던 피아노의 음계를 대신해 순풍처럼 불어오는 현의 떨림.

비슷하면서도 다른 또 다른 주제가 밝고 희망찬 목소리로 연주되었다.

천천히 무대 뒤 대형 스크린에 바이올린이 비쳤다.

연주자를 알아볼 순 없었다.

그러나 그것이 중요하진 않았다.

베를린 필하모닉이 설치한 음향 기기에서 흘러나오는 바이올린 연주는 관객들을 매료하기에 충분했다.

그에 맞춰.

배도빈의 피아노도 다시금 노래하기 시작했다.

작품 번호 30-3번.

베토벤 바이올린 소나타 8번 G장조.

분위기는 한순간에 변화해 하강하던 음계들이 높이, 더욱 힘차게 날갯짓했다.

피아노는 당차고 희망 가득한 그 행위에 어울려 방금까지의 어둠에서 탈출해 구름 위로 솟았다.

피아노와 바이올린이 들려주는 완벽한 하모니.

완벽한 협주에 모든 관객이 가슴 설레고 있을 때 단 한 명의 사람만이 입을 막고 몸을 떨었다.

'반드시 결승 무대에 서게 해줄 테니까.'

처음에는 몰랐다.

화면에 보이는 거라곤 클로즈업된 바이올린뿐이었으니까.

그러나 그것이 베를린 필하모닉 악장 오디션 때 연주했던 본인이라는 걸 알기까지 그리 오래 걸리지 않았다.

바이올리니스트 나윤희는 더 이상 고개를 들고 있을 수 없었다.

2년 전 미숙한 연주에 맞추어 너무도 아름다운 연주를 들려주는 배도빈.

그는 자신의 피아노로 바이올린에게 날개를 달아주고 있었다.

바이올린이 더 크고 더 화려하게 들리도록 저음부에서 베토벤의 바이올린 소나타를 적절히 변형시키며 즉흥적으로 연주를 이어나갔다.

베를린의 바이올리니스트는.

준결승과 결승전에 함께하지 못했던 아쉬움과 그것을 채우기 위해 노력했지만 결국은 끝까지 함께할 수 없었던 안타까움을 내비치지 않았다.

기뻐하는 단원들이 마음껏 환호할 수 있도록 누구에게도 들키지 말았어야 했다.

진심으로 행복하면서도.

차마 충족되지 않는, 포기할 수 없는 최고의 무대를 향한 갈망에 고뇌했거늘.

OOTY 오케스트라 대전 최후의 무대에서 울리는 자신의 연주와.

그것에 어울리는 도도하고 고고한.

그리고 따뜻한.

피아노.

그가 무슨 마음으로 이 무대를 준비했는지 알기에 나윤희는 끝내 눈물을 쏟고 말았다.

한편.

빌헬름 푸르트뱅글러는 배도빈의 연주에 의문을 가지고 있었다.

분명 더할 나위 없이 훌륭한 연주였지만 굳이 베토벤 피아노 소나타 31번으로 연주를 시작해 바이올린 소나타 8번으로 나아가는 번거로움을 자처한 연유를 알 수 없었다.

두 곡의 주제가 유사하긴 하고.

그 때문에 피아노 소나타 31번이 바이올린 소나타 8번을 작곡할 시기를 그리워하며 만들어졌다는 의견도 있지만 결과적으로 완전히 다른 곡이며, 연주 도중에 다른 곡과 어울리기는 쉽지 않았다.

아니, 배도빈이기에 가능한 일이었다.

이러한 즉흥 연주가 가능한 이가 몇이나 될지 푸르트벵글러는 알 수 없었다.

'어디서 많이 듣던 바이올린인데.'

그런 생각을 하고 있을 즘.

아주 작은 목소리가 새어 나와 푸르트벵글러에 귀에 들어왔다.

고개를 돌려 우측 아래를 본 그의 눈에 들썩이는 작은 어깨가 들어왔다.

'……그런 일이었나.'

푸르트벵글러가 숨을 길게 내쉬며 자세를 고쳐 앉았다.

연주는 이제 절정으로 치닫고.

모든 이의 축복 속에 막을 내렸다.

"보스."

"아, 멀핀. 가능할 것 같아요?"

"네. 영상은 기록실에 남아 있어 가능할 것 같긴 한데 문제는 음향 기기죠."

"믿을게요. 준비해 주세요."

"네. 그리고……."

"네."

"저는 음악을 잘 모르지만."

"음대 출신이라 들었어요."

"보스 앞에선 유치원생이죠. ……궁금한 게 있는데, 여쭤도 될까요?"

"얼마든지요."

"굳이 이렇게 복잡한, 그러니까 어려운 방향을 잡으신 이유가 있나요? 하실 거면 그냥 처음부터 영상을 틀고 같은 곡을 연주하면 될 텐데. 나윤희 악장의 영상에서 피아노 소리만 추출해 뺄 수 있거든요."

"아."

"네."

"31번 피아노 소나타를 헌정할 사람을 찾았거든요."

"네?"

"그러니까 그 일은 괜찮아요. 그럼 잘 부탁할게요."

"네……."

♪

배도빈의 자축 무대가 끝나고.

사람들은 알 수 없는 애틋함을 느끼며 만족했다.

"근데 대체 무슨 곡이었어?"

"바이올린 소나타 8번 아니었나?"

"30의 3번 말이지?"

"근데 시작은 피아노 소나타 31번이었잖아. 근데 또 반주도
달랐고."

"……좋았으니까 됐어!"

관객들이 대화를 나누는 사이에 무대 위에 시상대가 준비되었
고 준비를 마치자 사회자 자르제가 앞으로 나와 식을 진행하였다.

세계 클래식 음악 협회장이 직접 3위를 차지한 암스테르담
로얄 콘세르트헤바우 오케스트라의 수석 지휘자 마리 얀스의
목에 화환을 걸어주었다.

"3위를 차지한 암스테르담 로얄 콘세트르헤바우 오케스트라
에는 빈 협정에 따라 5,400만 달러와 실버 트로피가 지급됩니다."

사회자의 말에 객석에서 환호성이 터져 나왔다.

"정말 열렬한 환호였습니다. 마에스트로 마리 얀스, 소감이
어떠십니까?"

트로피를 든 마리 얀스는 부드럽게 웃었다.

"이번 계기를 통해 클래식 음악이 얼마나 사랑받고 있는지

알 수 있었습니다. 진심으로 감사합니다. 오늘의 영광을 단원과 팬들께 돌립니다."

그러고는 고개를 깊이 숙이자 전 세계가 대회 기간 내내 감동과 즐거움을 준 거장에게 경의를 표하였다.

세계 최고의 지휘자면서도 자신의 공적을 내세우지 않는 그 고결한 정신은 수많은 후배 음악가들이 그를 본으로 삼는 이유 중 하나였다.

"다음은 베를린 필하모닉 A입니다."

자르제의 말과 함께 협회장이 빌헬름 푸르트벵글러에게 화환을 걸어주었다.

"2위를 차지한 베를린 필하모닉 A에는 빈 협정에 따라 7,600만 달러와 골드 트로피가 지급됩니다."

"워우."

암스테르담 오케스트라 때와는 다른 반응이었다.

870억 원에 해당하는 거액에 관객들은 진심으로 놀라고 말았다.

더욱이 자매 악단인 B가 우승을 차지했으니 이번 대회로 베를린 필하모닉이 거둘 이득은 홍보 효과 등을 차치하고서라도 천문학적 수준이 될 터였다.

"이번에는 부러움이 다소 섞인 반응이었네요. 마에스트로 빌헬름 푸르트벵글러, 소감 부탁드립니다."

자르제에게서 마이크를 빼앗은 빌헬름 푸르트벵글러가 꼬

장꼬장한 표정으로 객석을 둘러보았다.

"아는 사람은 알겠지만 이번 대회에는 참가하지 않으려 했다."

전 세계를 상대하고 있는데 뻔뻔하고 무례하게도 평대하는 빌헬름 푸르트벵글러의 태도에 관객들은 인상을 쓰기는커녕 사랑스럽게 여길 뿐이었다.

"이미 나를 대신할, 이 시대의 음악을 대신할 녀석이 있다고 확신한 탓이다."

푸르트벵글러가 자신의 왼쪽.

포디움에서도 가장 높은 곳에 서 있는 배도빈을 잠시 내려 다보았다.

그 시선에 애정이 가득 차 있어 관객들을 흐뭇하게 하였다.

"그러나 저 흰머리가 말하더군."

순간적인 망발에 사회자 자르제도 마리 얀스 본인도 관객과 시청자 모두 얼이 빠졌지만 푸르트벵글러의 말은 멈추지 않았다.

"새로운 시대가 도래했다 해서 내 음악이 끝나는 건 아니라고 말이야. 결과적으로는 그런 것 같다. 이 자리를 빌려 인사하지."

잠시 경직되었던 객석에서 박수가 나왔다.

20세기와 21세기를 걸쳐 가장 위대한 지휘자였던 두 사람이 포디움에서 내려와 서로를 끌어안았기 때문이었다.

그리고 마이크를 돌려받으려는 자르제를 무시하고 한마디를 덧붙였다.

"베를린 필하모닉에 관한 이야기는 새로운 주인에게 맡기도록 하지."

푸르트뱅글러는 마이크를 곧장 배도빈에게 넘겼고 자르제는 이제 포기한 듯 한 걸음 뒤로 물러섰다.

협회장이 나서 배도빈에게 화환을 걸어주었다.

배도빈이 사회자를 대신해 입을 열었다.

"우리에겐 수정으로 된 트로피를 주네요. 금이 더 비싸지 않아요?"

"하하하하!"

객석에서 웃음이 터졌다.

"다들 궁금해하는 것 같은데, 상금은 얼마죠?"

배도빈이 협회장에게 마이크를 가져다 댔고 그는 어쩔 수 없다는 듯 힘차게 상금을 발표했다.

"베를린 필하모닉 B의 우승 상금은 빈 협정에 의거, 1억 달러입니다."

"와아아!"

빌헬름 푸르트뱅글러의 돌발행동과 그것을 잘 받아넘긴 배도빈 덕분에 한껏 달아오른 시상식 무대.

다소 흥분했던 콘서트홀에 열기가 남아 있을 때 베를린의 마왕이 입을 열었다.

"저와 베를린 필하모닉이 최고라는 게 입증되었네요."

그 스승에 그 제자라고.

배도빈의 오만한 발언은 그 누구도 반박할 수 없는 사실이었다.

배도빈은 말을 계속했다.

"하지만 암스테르담 오케스트라도 런던 심포니도 빈 필도 체코, 시카고, 모스코바, 클리블랜드……. 모두 최고의 오케스트라였습니다."

차분한 목소리에서 전달되는 진정성이 시상식을 보는 모든 이에게 전달되었다.

"누군가의 기준으로 또 팬들의 선택으로 이 자리에 섰지만 그것이 그들을 모두 표현할 순 없습니다. 그건 누구보다도 우리의 연주를 들은 팬 여러분이 잘 아실 거라 믿습니다."

배도빈이 목소리에 힘을 주었다.

"베를린 필하모닉은 더욱 성장할 겁니다. 완벽한 연주를 위해. 그러나 완벽이란 있을 수 없기에 끝없이 노래할 겁니다. 베를린 필하모닉이 다시 한번 출발선에 섰음을 약속합니다."

짝.

짝짝짝짝.

누군가의 행동으로 시작된 박수는 걷잡을 수 없이 격렬해졌다.

클래식이 영원할 거라고 말하는 듯한, 그 믿음직스러운 발언에 설레지 않는 사람은 없었다.

68악장
그 사람

시상식을 마친 베를린 필하모닉은 쏟아지는 인터뷰 요청에 곤욕을 치러야 했다.

기자회견장에서 두 시간 동안 시달린 끝에야 악단주 배도빈이 준비한 만찬으로 위로받을 수 있었다.

"이게 다 뭐야?"

"돈 많은 보스가 생기니까 식탁에 오르는 음식이 달라지는데?"

"아, 감사합니다. 이거 그냥 마시면 되는 거예요?"

독일과 프랑스에서 수배해 온 셰프들이 준비한 요리와 토스카나산 와인, 배도빈의 취향이 한껏 반영된 디저트.

두 명당 한 명씩 붙어 케어하는 접객원까지.

세계 최고 수준의 대우를 받던 베를린 필하모닉조차 깜짝 놀랄 수준이었다.

"으으으음!"

음식을 맛본 직원, 단원들은 저마다 감탄하며 웃었다.

그런 와중에 따로 초대받은 배도빈의 지인들도 특실에서 파티를 즐기긴 마찬가지였다.

그간 원고 작업으로 피폐해졌던 차채은이 와인으로 조리한 굴찜을 먹곤 눈을 크게 떴다.

"헐. 미친. 개맛있어."

"천천히 먹어."

"오빠도 먹어봐. 진짜 미쳤어."

차채은의 재촉에 어쩔 수 없이 맛을 본 최지훈도 고개를 끄덕였다.

그 모습을 보고 있던 유진희가 흐뭇하여 미소 짓다가 입을 뗐다.

"내일 바로 독일로 가니?"

"네. 콩쿠르 준비하려고요."

"또?"

차채은이 입을 열심히 놀리며 물었다.

배영준은 꾸벅꾸벅 졸면서도 포크를 놓지 않는 둘째를 안아 들었다.

"아무래도 재워야겠어. 먼저 올라갈게."

"도진이 잘 자."

"우웅."

배도진이 조는 와중에도 아버지에게 안긴 채 최지훈, 차채은에게 손을 흔들어 인사했다.

유진희가 입이 가득 찬 차채은을 대신해 다시 물었다.

"어떤 콩쿠르?"

"퀸엘리자베스요. 내년이라 여유는 있지만 쉬운 일은 아니라서요."

"하나 우승하기도 힘들다고 하던데."

"히힛. 도빈이는 오케스트라 대전에서 우승한 곳에 입단하려면 그 정도는 해야 한대요."

항상 노력하는 최지훈이 아들에게 얼마나 큰 힘이 되어주는지, 또 그 모습이 기특해 유진희는 진심으로 응원했다.

"채은이는? 출석 괜찮아?"

"위험한데 아빠가 정말 음악 배우고 싶으면 유럽에서 다녀도 된다고 했어요. 이쪽으로 올 것 같아요."

"잘 된 거 아냐?"

차채은의 표정이 그리 좋지 못해 유학 소식이 반가웠던 최지훈은 고개를 갸웃했다.

"공부해야 하잖아. 독일어는커녕 영어도 못 한다고."

차채은의 투정에 유진희가 웃었다.

"둘이 시간 괜찮으면 휴가 같이 가줬으면 좋겠는데. 도빈이도 좋아할 거야."

"갈게요! 게임 샀는데 같이하면 되겠다!"

"저도 좋아요."

한편 사카모토 료이치는 잔뜩 긴장하고 있는 페터 형제에게 관심을 보이고 있었다.

"허허. 이런 경험을 또 하게 될 줄은 몰랐는데."

"무슨 말씀이신가요?"

히무라의 질문에 사카모토가 프란츠 페터의 악보와 그를 번갈아 본 뒤 대답했다.

"이게 정말 정규 과정을 거치지 않은 사람이 만든 곡인가 싶네. 마치 어렸을 적 도빈 군을 다시 보는 듯해. 프란츠 군, 공부는 어떻게 하기로 하였는가?"

"그, 그, 그, 그게……."

"베를린 대학에 입학할 거예요."

프란츠 페터가 위대한 거장 앞에서 긴장한 나머지 떨고 있는데 때마침 배도빈이 들어섰다.

"오. 오늘의 주인공이로군."

사카모토가 벌떡 일어나 배도빈을 끌어안았다.

오케스트라 대전 우승의 축하로는 충분하여 배도빈도 오랜 친구를 꼭 끌어안았다.

"도빈 님, 그 일 말인데요……."

"대학?"

"네……. 저, 저는 배운 것도 없고 머리도 나빠서 대학은……. 베를린 필하모닉에서 일 도우면서 공부하면 안 될까요? 처, 청소라도 할게요!"

"대학도 감당 못 하는 녀석이 일은 무슨. 안 돼."

배도빈의 단호함에 프란츠 페터가 크게 낙담했다.

'이렇게라도 해야 다닐 테니.'

진달래의 경우도 있었고 그와 마찬가지로 프란츠도 자신이 받는 지원에 부담을 느낄 터였다.

그것을 잘 알기에 배도빈은 다소 강요하더라도 강하게 나설 생각이었다.

본인도 인류가 쌓은 지식에 크게 관심 없었지만 어머니 유진희를 통해 강제로 지식을 접했고, 그것이 살아가는 데 얼마나 중요한지 느꼈던 탓이었다.

'음악가는 음악만 하면 되지만 인간으로서 필요한 것도 있으니까.'

더욱이 배도빈과 달리 프란츠는 기본적인 기보법도 제대로 익히지 못한 터라 더더욱 정규 교육이 절실했다.

"포기하고 지금 받는 수업이나 잘 들어. 3년 안에 입학하지 못하면 내쫓을 거야."

"네, 네!"

배도빈이 프란츠의 어깨를 도닥이고 입을 열심히 오물거리는 알베르트의 머리를 쓰다듬은 뒤 사카모토와 히무라, 나카무라에게 말했다.

"그럼 이따 봐요."

"그러지."

그렇게 인사를 나눈 배도빈은 어머니 곁에 앉아 숨을 길게 내쉬었다.

마지막 무대까지 준비하고 또 지금까지 여러 사람과 밀린 이야기를 처리하느라 상당히 피로했다.

"고생했어. 우리 아들 멋있던데?"

"그럼요. 누구 아들인데."

모자 사이의 살가운 대화를 최지훈이 따뜻하게 바라보았다.

"오빠, 우리도 같이 가기로 했어."

"어딜?"

"휴가. 레버쿠젠으로 간다며."

"아아. 잘됐네. 근데 괜찮아? 학교는?"

"유학 올 거지롱."

"여기로?"

힘차게 고개를 끄덕이는 차채은을 보며 배도빈이 피식 웃었다.

"말은 할 줄 알아?"

그 한마디에 차채은은 금방 기분이 가라앉아 애꿎은 샐러

드를 입 한가득 넣었다.

"본격적으로 공부할 거면 악기도 다시 시작해 보는 건 어때?"

그때 최지훈이 나섰다.

"음?"

"전문적으로 하지 않아도 글 쓰는 데 도움이 될 거야. 경험자랑 아닌 사람의 차이도 크고 또 글의 신뢰도도 달라질 테니까."

배도빈이 최지훈과 차채은을 번갈아 봤다.

최지훈은 차채은의 재능이 이대로 묻히는 걸 진심으로 아까워했고.

전과 달리 타협점을 내놓은 그의 말은 차채은에게도 그럴듯하게 들렸다.

"그런가? 오빠는 어떻게 생각해?"

차채은이 배도빈을 보며 물었다.

"입만 놀리는 것보단 훨씬 낫지."

"으음. 근데 그럼 더 이상하게 보지 않을까? 예를 들어 오빠보다 못하는 내가 오빠를 평가하면 독자들도 이상하게 보지 않을까?"

"나보다 잘하는 사람은 없어."

"그런 이야기가 아니잖아."

"굳이 활동하진 않아도 괜찮잖아. 평론의 질을 높인다고만 생각해도."

"그건 그렇네."

차채은이 일단은 수긍했다.

시작이 가장 어렵기에 최지훈으로서는 반은 성공한 일이었는데 배도빈도 만족스러운 일이라 둘은 시선을 교환하며 고개를 끄덕였다.

그 모습을 지켜보고 있던 유진희가 살며시 웃었다.

한숨 돌린 배도빈이 주변을 둘러보았다.

"자리가 좀 비네요? 할아버지는요?"

최지훈이 유진희를 대신해 대답했다.

"아빠랑 나가셨어. 하실 말씀 있으시다고."

"말?"

"모르겠어. 음……. 아빠 요즘 좀."

어떤 단어가 좋을까 잠시 고민한 최지훈이 마침 적당한 단어를 떠올려 말을 이었다.

"신나신 거 같은데 나쁜 일 다시 하시는 건 아니겠지?"

"네가 있는 이상 그러진 않으실 거야."

최지훈이 배도빈을 보며 웃었다.

"달래 언닌 아까 누구 만나러 간다고 했어."

"……아리엘 얀스?"

"몰라? 아리엘 얀스면 LA 필하모닉 감독 아냐? 그 사람은 왜……. 헐. 둘이 사귀어?"

"몰라."

몹시 못마땅하게 여기는 게 얼굴에 그대로 드러났고 차채은이 눈을 깜빡였다.

"혹시 질투해?"

"어머. 정말이니?"

그 말에 유진희까지 합류하니 배도빈이 드물게 신경질을 내며 특실을 벗어났다.

"하긴. 저 음악만 아는 인간이 그런 데 신경 쓸 리가 없지."

"아빠 닮아서 그래."

"꼭 그렇지만도 않은 것 같아요."

삐진 배도빈을 보며 웃은 유진희와 차채은은 최지훈의 말에 잠시 멈췄다가 고개를 바짝 내밀었다.

"무슨 말이야?"

한편 유장혁 회장과 최우철 대표는 조용한 곳에서 따로 자리를 가지고 있었다.

"축하드립니다."

"핫하하하! 우리 손주가 돈은 잘 못 벌어도 음악은 기막히게 하지 않나."

작년 한 해 170억 원의 수입을 올린 배도빈이지만 범지구적 기업을 다수 운영하는 WH그룹의 총수, 유장혁 회장에게는 적은 금액이었다.

유장혁에게는 손자가 170억 원을 번 것보다 세계 최고의 지휘자라는 명예를 틀어쥔 것이 더욱 자랑스러웠다.

"그래. 그건 그렇고. 일은 잘 진행되는 것 같던데. 어떤가?"

"유럽 시장은 거의 확보하고 있습니다. 웹플릭스가 강세를 보여 주춤하곤 있지만 인터플레이가 구축망 하난 잘 만들어 놓았더군요."

"역시 최우철이야. 믿고 맡기길 잘했어."

최우철이 대표로 있는 유통업체 JH는 최근 공중분해 된 인터플레이의 인프라를 흡수, 활용하며 JH씨네마, JH사운즈 등 유럽 시장을 빠르게 잠식해 나가고 있었다.

"버만 그 녀석 배알 좀 꼬일 테지. 음?"

최우철과 차승현의 합작으로 인터플레이의 이미지는 나락으로 떨어졌고 그 빈자리를 JH가 채운 것이었다.

그 모든 일이 단 6개월 만에 벌어졌으니 잔뼈가 굵은 유장혁으로서도 예상치 못했던 성과였다.

더욱이 인터플레이와는 차별되는 정직하고 유저 친화적인 이미지를 구축한 JH가 사실은 대부분 인터플레이의 시스템을 활용한 기업이었으니, 제임스 버만의 속이 뒤틀리는 것도 당연한 일이었다.

"그러지 않아도 접촉을 해오더군요. 뭐, 제 방식으로 처리했지만."

"핫하하하! 어련히 잘했을까. 걱정 말고 계속 진행하게. 참 그리고."

"네."

"JH가 대체 뭔 뜻인가?"

최우철은 대답하지 않고 슬쩍 웃을 뿐이었다.

'질투는 무슨.'

아득바득 발버둥 치는 인간은 싫지 않고 그렇게 성장하는 사람은 좋아하기에 거뒀을 뿐.

푸르트뱅글러와의 작업을 통해 가능성을 보여준 진달래가 성장하기 전에 다른 악단으로 간다면 속이 뒤틀리기야 하겠지만 어머니도 채은이도 너무 넘겨짚었다.

진달래가 아니더라도 니나 케베리히가 다른 소속사로 이적한다든지 마르코나 료코, 프란츠 모두 마찬가지다.

내 것을 빼앗으려 하는 이를 용서할 수 있을 리 없다.

"보스."

멀핀 과장이 나를 불렀다.

고개를 돌리니 일할 때만 쓰는 안경을 여전히 끼고 있다.

"오늘은 즐기라고 했잖아요."

"하지만."

손을 드니 그녀가 움찔했고 잠시 기다렸다가 천천히 안경을 들어 그녀에게 건넸다.

"정말 쉬도록 해요. 그간 우리 모두 고생했잖아요."

단원들도 정말 본인들의 한계를 넘어서 열심히 해주었지만 무대 뒤에서 서포트했던 사무국 직원들이 없었더라면 이 음악만 아는 바보들은 제때 다니지도 못했을 것이다.

카밀라와 멀핀 그리고 모든 직원이 사소한 일부터 꼼꼼하게 처리해 줬기에 베를린 필하모닉이 건재할 수 있는 것이다.

"앞으로 할 일이 더 많아질 텐데 지치면 안 되잖아요. 그렇죠, 이자벨 멀핀 부장?"

딴에는 힘내라는 뜻으로 진급 이야기를 미리 전했는데 이자벨 멀핀이 굳어버렸다.

"멀핀?"

"아, 죄송합니다. 갑자기 환청이 들려서."

"환청 아니에요. 앞으로 B팀의 역할이 더 커질 거라 독립적으로 운영할 수 있게 권한을 늘릴 생각이에요. 그렇게 되면 B팀을 관리할 멀핀의 권한도 늘어야겠죠. 운영진하고는 이야기된 일이니 조만간 정식 공문이 내려갈 거예요. 물론 그에 따른 적절한 보상도 있을 거고요."

"보스……."

멀핀이 꽤 감격한 모양이다.

분명 유능한 직원이기도 하지만 오케스트라 대전 직전에 과장이 되었는데, 승진 속도가 너무 빠른 느낌도 없지 않아 있다.

그것을 문제로 삼는 인간이 생기면 좋으련만.

'빨리빨리 잘라버리게.'

능력 있는 사람들이 적절한 대우를 받고 돈이나 축내는 한심한 가축을 털어버리는 게 경영의 첫 번째 목표라고 할아버지께서 알려주셨다.

내 생각도 다르지 않으니 이 부분은 카밀라와 멀핀에게 힘을 실어줘야 할 듯싶다.

하는 일도 없는 임원들이 너무 많이 가져가니까.

"그럼 쉬도록 해요. 이제 슬슬 올라가 봐야 할 것 같아요."

"아, 네. 감사합니다."

멀핀과 인사를 나누고 단원들이 있는 곳으로 향했다.

'적당하네.'

다들 아직 취하진 않은 듯 얼굴색이 멀쩡했다.

맨정신으로 저렇게 소리 지르며 웃을 수 있는 걸 보면 만취했을 때는 어떨지 상상도 하기 싫다.

기억이 없는 게 다행이다.

"어, 보스다!"

"어디 갔다 지금 와!"

"또 마시고 연주하자고!"

소란스럽게도 맞이해 준다.

"그건 뒤로 하고 발표할 게 있으니 다들 모여주세요."

앞으로 나가 파티장을 둘러보니 250명의 단원과 80명의 직원이 천천히 모이고 있다.

다들 준비가 된 것 같기에 입을 열었다.

"우선 최선을 다해준 모든 분께 감사합니다. 오늘 밤은 충분히 즐겨주세요."

다들 정말 기쁜 표정이다.

좋은 일을 미룰 이유는 전혀 없기에 시상식 날에 맞춰 일을 진행할 수 있게 준비해 두었다.

다행히 A팀이든 B팀이든 어느 한쪽은 우승을 확정해 두었으니 말이다.

"그와 별개로 공치사는 분명히 해야겠죠. 카밀라 국장. 부탁할게요."

"네."

카밀라 앤더슨이 무대 옆에 서서 준비해 두었던 일을 발표하기 시작했다.

"OOTY 오케스트라 대전의 우승, 준우승 상금은 전 단원에게 공평히 분배될 예정입니다."

"와아아!"

"세금을 제한 총 수령 예정액 9,680만 달러 중 40퍼센트가 베를린 필하모닉 운영예산에 포함. 잔액 5,808만 달러는 직급에 무관하게 공평 분배됩니다. 3주 뒤 관련 내용이 게시될 예정이니 자세한 내용은 확인 후 문의해 주시기 바랍니다."

"······."

"······."

'왜 이래?'

우승 인센티브를 제공하겠다는 발표에 환호하던 단원들이 멍청하게 서 있을 뿐이다.

"자, 잠깐만요. 국장님. 제 귀가 잘못된 것 같은데."

"술은 너무 많이 마셨나?"

"5,800만 달러 나누기 250이면 얼마야?"

"······20만 달러가 넘는다고?"

단원들이 넋 나간 얼굴로 뚫어지게 본다. 고개를 끄덕이자 기쁨이 아닌 광기를 보여주었다.

"꺄아아아아아악!"

"진짜야? 진짜? 진짜 진짜 진짜?"

"우오오오오!"

단원들은 1년 치 또는 2년 치 연봉을 한 번에 받게 됨을 알자 우승을 확정 지었을 때보다도 더 기뻐했다.

뭔가 조금 이상하긴 하지만 좋아한다니 잘된 일이다.

"또한 3주 뒤 정식 임명 절차가 있을 예정입니다. 악단주, 예술 감독, 퍼스트 피아니스트…… 나머진 생략할게요. 배도빈 악단주를 비롯, 대회 기간 중 직급에 변동이 있었던 직원들과 추가 인사이동에 관해 공지될 예정입니다."

"좋네."

"하긴. 좀 날림으로 한 느낌이었으니까."

니아 발그레이와 나윤희 이외에 C팀을 준비하기 위해 B팀을 케르바 슈타인에게 맡길 생각이다.

단기간이지만 상임 지휘자로서 능력을 발휘해 준 그라면 B팀을 잘 이끌어줄 것이다.

그래야 내가 활동하기도 쉽고 푸르트벵글러가 내게 지운 짐도 덜어낼 수 있고 말이다.

"또한 악단주 특별 포상으로 내일부터 전 직원에게 2주간 유급 휴가가 지급됩니다. 기간 조정을 원하시는 분은…… 반려하겠다는 게 악단주의 입장이십니다."

"보스으으으!"

"이런 독재는 환영이지!"

"하하하하하!"

마누엘 노이어의 발언에 옆에서 조용히 위스키를 마시고 있던 푸르트벵글러의 얼굴이 꿈틀거렸다.

어쨌거나 휴가 끝에 얼마나 고생할지 생각하면 지금은 뒷일은 숨기는 편이 좋겠다.

"마지막으로 배도빈 악단주께서 연설을 하시겠습니다."

'이 녀석들이.'

방금까지만 해도 날 보던 눈빛과 전혀 다르다.

존경심을 돈과 휴가로 산 듯해 조금 불쾌해졌으나 생각해 보면 당연한 일이다.

"베를린 필하모닉은 모두에게 공평한 기회를 부여하고 능력에 따른 적절한 보상을 지급할 겁니다. 지금까지 노력해 온 여러분에겐 반가운 일일 테고, 그 위치에 적합하지 못한 이는 도태될 거예요. 그 점이 언젠가 각 개인에게 부담이 될 때도 있을 겁니다."

인간인 이상 한계에 부딪히기 마련이다.

그러나 음악을 사랑하는 마음과 베를린 필하모닉의 단원이라는 자부심을 지킨다면 반드시 이겨낼 수 있을 거라 믿는다.

이것은 그간 너무도 잘해준 단원들에 대한 보답이자 앞으로 더욱 나아가기 위한 동기며 동시에 나태해지지 말라는 경고다.

'너무 앞선 걱정이겠지.'

하지만 저 믿음직스러운 면면을 보고 있자면 그런 걱정 따위 조금도 필요 없을 듯하다.

"그럼 2주 뒤에 뵙죠."

누군가 가져다준 잔을 들어 보이자 모든 직원이 잔을 들었다.

"베를린 필하모닉을 위해."

"베를린 필하모닉을 위해!"

우렁찬 함성과 함께 연설을 마쳤다.

"휴가라니. 도빈이가 풀어줄 줄도 아네."

"속 깊어."

이승희가 드물게 남을 칭찬하는 왕소소에게 시선을 주었다. 불필요한 말은 하지 않는 그녀였기에 좀 더 말을 붙여보았다.

"너 평소랑 좀 다르다?"

"가지고 싶은 TV가 있었어. 이제 살 수 있어. 도빈이 속 깊고 따뜻해. TV 화면만큼."

"아학항하하. 못 말린다. 진짜. 그래. 솔직한 게 네 매력이지."

이승희가 한번 크게 웃고는 잔을 들었다.

소소도 기분이 좋은지 응해주었는데 나윤희는 넋을 놓고

있었다.

"무슨 생각을 그렇게 해?"

"어, 어? 아니."

나윤희가 정신을 차리고 주변을 둘러본 뒤 잔을 들었다.

그러나 쉽게 넘어갈 이승희가 아니었다.

"요거. 요거. 무슨 일 있는데? 뭔데? 말해봐. 우리 사이에 못할 말이 어딨어."

"……있어."

이승희가 료코와 소소를 번갈아 보곤 어깨를 으쓱였다.

"그래. 아무튼 짠!"

기분 좋게 잔을 비우곤 이승희가 료코에게 물었다.

"휴가 때 뭐 할 거야?"

"일본에 가보려고요. 엄마도 보고."

"좋네. 요코 씨 아직 평론 활동 활발히 하시더라. 딸 사랑이 지극하시던데?"

"……내 이야기 쓰지 말랬는데."

이승희가 나카무라 요코가 쓴 비올리스트 나카무라 료코에 대한 평론을 찾아 보여주니 료코가 기겁을 하고 말렸다.

"소소는?"

"드라마 볼 거야."

"그리고?"

"그리고?"

"설마 2주 내내 TV만 볼 생각이야?"

"응."

"어지간하다. 대체 뭐가 그렇게 재밌는데?"

소소가 막 입을 열려고 할 때 한스 이안이 테이블로 다가왔다. 얼굴이 잔뜩 달아올라 있어 한눈에 봐도 취한 걸 알 수 있었다.

"이승희 수석! 재미없게 이야기만 할 거야?"

"네네. 지금 너무 좋은 때니까 놀 거면 저리 가서 놀아."

"보스가 또 바이올린 연주하고 있다고. 가서 놀아야지."

이승희가 슬쩍 고개를 돌리자 배도빈이 또다시 무대에서 신나게 바이올린을 켜고 있었다.

찰스 브라움은 물론 푸르트벵글러까지 어울리니 주변에선 덩실덩실 춤을 추고 난장판이 따로 없었다.

"재밌어 보이네. 다음에."

그러나 이승희의 철벽에 한스 이안은 고개를 숙일 수밖에 없었다.

나이깨나 먹은 남자가 주인에게 혼난 개처럼 서 있기에 이승희가 한숨을 내쉬고 손을 저었다.

"데이트 신청할 거면 제정신으로 와. 그럼 생각해 볼 테니까."

"어, 어!"

그제야 후다닥 자리를 떠난 한스 이안을 보며 나윤희와 료코가 노골적으로 눈을 깜빡였다.

어떤 사이냐고 묻는 그 행위에 이승희는 대수롭지 않다는 듯 대꾸했다.

"원래 저랬어."

"어, 언제부터?"

"글쎄. 기억도 잘 안 나. 도빈이가 들어오기 전부터였으니까 꽤 된 거 같은데."

"이, 이 년이나요?"

"아니. 도빈이가 언제 들어왔었지? 11년도였나? 아마 그쯤."

이승희의 말에 나윤희와 료코가 서로를 보고 엉덩이를 들썩였다.

12년이 넘는 짝사랑이라니.

연애 경험은 텍스트와 그림뿐이었던 료코와 나윤희로서는 신날 수밖에 없는 이야기였다.

"왜, 왜? 왜 안 만나? 한스 이안 부수석 괜찮잖아."

"말도 마. 저 녀석 정신 차린 거 얼마 안 됐어. 예전에는 양아치도 그런 양아치가 없었다니까? 걸핏하면 껄떡대질 않나 술은 또 엄청 좋아하고."

"그래도 잘생겼잖아요."

"응. 잘생겼어."

"이래서 어린 것들은 안 돼."

이승희가 검지를 까딱이곤 칵테일 잔을 들었다.

"남자는 무조건 성실함이야. 그래. 얼굴 반반하고 능력 있으면 좋지. 하지만 그건 기본이고 허튼 데 한눈팔지 않고 심성 바른 사람이 최고란 말이야."

이승희의 말에 나윤희와 료코가 고개를 끄덕였다.

만약 필기구가 있었다면 메모라도 할 것만 같은 분위기였는데 소소가 입을 열었다.

"그래서 지금까지 결혼 못 했어?"

이승희의 얼굴이 기괴하게 꺾였다.

"우리 소소 드라마 보고 싶지 않은 것 같은데?"

서슬 퍼런 눈빛을 한 이승희가 '요, 요 입이 버릇없는 입이지?'라고 말하며 소소의 볼을 잡아당겼다.

그러나 얼굴이 잔뜩 늘어난 상태로도 소소는 표정 하나 바꾸지 않고 한 번 더 물었다.

"사실 기대하고 있는 거 아니야? 달리 만나던 사람도 없었잖아."

소소의 추가 공격에 무서워 벌벌 떨던 나윤희와 료코가 다시금 눈을 반짝였다.

반면 흥흥했던 이승희의 얼굴이 황당함으로 가득 차버렸다.

"무우슨! 무슨! 말을 하는 거야? 헛소리 말고 먹던 거나 마저 먹어!"

이승희는 소소의 입에 브라우니를 가득 채운 뒤에야 진정했고 소소는 풍족한 당분에 만족하며 입을 닫았다.

흥분했던 분위기가 다소 가라앉자 료코가 용기를 내 조심스레 물었다.

"나윤희 악장은 휴가 때 뭐 하세요?"

"모르겠어. 지금은……."

정말 딱히 생각나는 일이 없었기에 나윤희는 잠시 고민했다.

'아빠도 한번 보러 가야 하는데.'

그러나 직접 무대에 오르지는 않았지만 그 이상 힘을 보탰기에 지친 그녀는 쉬고 싶단 생각이 간절했다.

휴가 기간도 길고 한국으로 돌아가는 일은 며칠 미뤄도 될 것 같았다.

"우선은 슈퍼 슈바인에 가서 특제 카레를 먹고 푹 자고 싶어."

"슈퍼 슈바인? 들어본 거 같은데?"

충격에 빠져 있던 이승희가 고개를 돌렸다.

"응. 달래가 아르바이트하던 데야."

"아아. 기억난다. 도빈이도 엄청 다닌다고 하던데. 그렇게 맛있어?"

나윤희가 고개를 끄덕였다.

"다른 카레도 맛있는데 하루에 열 그릇만 파는 특제 카레가 정말 맛있어. 과일이랑 야채 갈아서 같이 끓인대."

"느낌이 안 오는데."

"먹어보면 달라. 엄청 인기 있어서 퇴근하고 가면 거의 못 먹거든. 도빈이가 양보해 줘서 몇 번 먹어봤는데 정말 맛있어."

나윤희의 말에 열심히 브라우니를 씹고 있던 소소의 턱이 멈췄다.

턱을 괴고 있던 이승희의 눈이 커졌고 나윤희는 두 사람의 반응에 당황할 수밖에 없었다.

"저, 정말이야. 맛있어."

"아니. 그게 아니라."

이승희가 손을 뻗어 나윤희의 말을 막았다. 그러고는 믿기지 않는다는 듯 고개를 저었다.

"배도빈이 카레를 양보했다고?"

너무나 갑작스러운 반응에 나윤희는 간신히 고개를 끄덕였다.

무엇이 잘못되었는지는 알 수 없었지만 이승희와 소소의 반응이 심상치 않다는 것만큼은 분명했다.

"확실히 맛있어?"

"으, 응."

"이건……. 그거지?"

다시금 확인한 이승희가 고개를 돌리자 소소가 고개를 끄덕였다.

"그래. 처음부터 이상했어. 제2바이올린 부수석 뽑을 때 따로 부른 사람도 윤희뿐이었고. 이제 얹혀살지 않아도 되는데도 나가지 말라 했던 것도 그렇고."

"어, 얹혀사는 거 아니야. 월세도 꼬박꼬박 내고 있는데."

"가만있어 봐."

"발그레이 악장을 붙여준 것도 그래."

마치 퍼즐을 맞춰나가는 듯 추리를 거듭하는 두 사람의 모습에 나윤희는 괜스레 불안해졌다.

"왜, 왜 그러는데?"

"의미를 모르겠어요. 도빈 군이 카레를 양보한 게 그렇게 놀랄 일이에요?"

답답했던 료코도 가세하자 이승희가 나윤희의 어깨에 손을 얹었다.

"도빈이가 카레를 양보했다는 건."

이승희와 소소의 심각한 표정에 압도된 나윤희는 긴장될 수밖에 없었다.

그녀가 침을 삼키자 이승희가 안타깝다는 듯 아랫입술을 깨물고는 입을 열었다.

"널 놓칠 생각이 없단 뜻이야."

그 말이 너무도 허무했기에.

나윤희와 료코는 어이가 없었다.

"그게 무슨."

"쉽게 볼 일이 아니야!"

이승희가 테이블을 내려치며 말했다.

"내가 아는 배도빈은 자기 것은 절대 양보하지 않는다고. 마르코도 봐. 결국엔 베를린으로 데려왔잖아. 안 그런 척하지만 걔 집착 엄청 심하다?"

"나도 정신 차리고 보니 베를린에 있게 됐어."

이승희와 소소의 말에 나윤희의 머릿속에서도 조금씩 퍼즐이 맞춰지고 있었다.

"확실해. 도빈이, 널 평생 부려먹을 생각이야. 안 봐도 뻔하지. 너 총보 제대로 공부한 적 있어?"

"아, 아니."

"바이올린 섹션만이라면 모를까. 네가 아무리 연주를 잘해도 그런 네게 악장 자리는 일러도 너무 이르지. 근데 니아 씨까지 붙여주면서 가르치려 드는 거잖아. 네가 바라지도 않았는데."

"으, 응. 그래도."

"그래도가 아니지! 넌 아직도 도빈이를 모르니? 걘 악마라고 악마! 채용시켜 줘, 집 걱정 해결해 줘, 진급에 최고급 과외 선생도 붙여줘. 이보다 훌륭한 악마가 어딨어?"

"……."

뭔가 이상했지만 이승희의 기세가 너무 대단했다.

"게다가 아까 도빈이 결승 무대에서 튼 영상, 너였지?"

아무도 모를 거라 생각했던 나윤희의 눈이 화등잔만 하게 되었다.

"아, 알고 있었어?"

"네 연주를 2년 넘게 들었는데 못 알아듣겠어? 봐봐. 어떤 사람이 그렇게까지 신경 써주는데. 하물며 그 배도빈이야. 그런 걜 네가 거부할 수 있을 거 같아?"

"도, 도빈이는 그런 걸로 뭘 바라지 않아."

"쯧쯧."

이승희가 손가락을 까닥였다.

"도빈이 문제가 아니라 네 문제지. 나야 네가 쭉 베를린 필하모닉에 있길 바라지만 바이올리니스트로서 언젠가는 솔로가 되길 바라는 건 당연한 일이야. 게다가 주인공이 되어봤던 사람이라면 더더욱."

주인공이 되어봤던 사람.

불새를 연주했을 때의 기억을 떠올리면 등을 타고 오르는 짜릿한 기분에 행복했다.

다시 한번 그 경험을 할 수 있다면 무엇이라도 할 수 있을 것만 같았다.

친한 동생, 훌륭한 후배가 상황을 인지한 것 같기에 이승희는 진심을 담아 그녀와 손을 포갰다.

"나도 찰스 브라움도 소소도 알아. 오케스트라도 좋지만 솔로만이 느낄 수 있는 그 경험은 쉽게 포기할 수 없어. 지금이야 크게 생각 안 하겠지만 언젠가 베를린 필하모닉에서의 활동에 만족할 수 없을 때가 올 거야. 넌, 더 성장할 수 있으니까."

"언니."

"도빈이도 그걸 알아서 네게 더 신경 쓰는 걸 거야. 걔 성격에 음악을 하겠다고 나가려는 사람을 막진 않을 거거든. 본인도 그런 이유로 나가려 했었고."

"……."

"그러니까 유대관계를 더 만들고 싶은 거야. 그만큼 네가 도빈이에게 특별한 사람이라는 뜻이고."

'특별하다.'

배도빈에게 직접 들은 게 아니지만 그 말에 기분이 좋아졌다.

동시에 나윤희는 이승희가 왜 이렇게 진지하게 나오는지 이해할 수 있었다.

"나, 난 솔로 생각 없는데."

"그럼 안 돼."

그때 소소가 입을 열었다.

"어엿한 바이올리니스트니까 독립하고 싶다고 생각해야 해. 욕심도 부릴 줄 알아야 해. 당연한 일이야."

"저도 나윤희 악장이 개인 리사이틀을 열면 꼭 가고 싶어요."

세 사람의 열렬한 관심에 나윤희의 얼굴이 붉어졌다. 정말 좋은 사람들과 만나 다행이라 생각했다.

그러면서도 그 조심스러운 가슴에 네이즈 엔터테인먼트에서 있었을 때는 이루지 못했던, 큰 무대에 대한 동경이 다시금 싹트기도 했다.

그녀의 마음은 몹시 모순되어 있었다.

베를린 필하모닉을 벗어난 세계를 두려워했고 자신을 따뜻하게 받아준 베를린이란 울타리 그리고 본인에게 음악적 영감과 지침, 힘이 되어주는 배도빈이란 존재를 포기하고 싶지도 않았다.

무엇 하나 포기하고 싶지 않았기에 나윤희는 고민을 쉽게 떨쳐내지 못했다.

"나가는 건 안 돼."

"어?"

"저, 저도 나윤희 악장이 나가면 싫어요."

"나도."

"……흐."

응원하면서도, 나가야 한다고 하면서도 나가지 말라는 모순적인 상황.

진심으로 위하기 때문이라는 걸 알기에 나윤희는 작게 웃으며 잔을 들었다.

그렇게 건배를 한 뒤 이승희가 중얼거렸다.

"나윤희 고생깨나 하겠네. 어휴. 배도빈 등쌀 어떻게 버티려나."

단원을 혹독하게 다루기로 유명한 배도빈이었지만 나윤희는 도리어 그런 상황이 더욱 기다려졌다.

♪

배도진의 바람으로 배영준 일가와 최지훈, 차채은은 휴가 첫날 독일연방 물리기술 연구원을 견학하였다.

삼십 분 동안 구체를 관찰하고 한 시간 내내 연구원들에게서 이런저런 이야기를 듣고서야 배도진은 만족했다는 듯 차에 올랐다.

영문도 모른 채 실리콘 구슬을 함께 봤던 차채은이 배도진에게 물었다.

"그래서 대체 그게 뭐였는데?"

"세상에서 젤 둥근 구슬!"

"……."

황당해 말조차 안 나오는 건 차채은만의 일은 아니었다.

배영준과 유진희, 배도빈마저 귀여운 막내의 취향을 도무지 이해할 수 없었다.

일행 중 배도진을 이해하는 사람은 어렸을 적부터 신동 소리를 들었던 최지훈뿐이었다.

"그냥 봤을 때는 몰랐는데 XRCD로 찍은 단결정 표면은 정말 깔끔하더라."

"웅! 예뻤어. 간섭계 너무 좋아."

최지훈과 배도진의 대화를 듣던 차채은이 더는 못 들어주겠다는 듯 고개를 돌렸다.

배도빈은 넋을 놓고 끝없이 펼쳐진 평야에 시선을 고정하고 있었는데 쉬는 게 익숙하지 않아 다소 불안한 느낌이었다.

차채은이 말을 걸었다.

"달래 언닌? 당연히 같이 가는 줄 알았는데."

"그간 너무 오래 쉬었다고 돌아간대."

"열심이네."

"그래야지."

차채은이 눈매를 좁혔다.

평소에도 그리 살갑지는 않지만 유독 진달래 이야기만 나오면 심술을 부리는 듯했다.

"오빠 달래 언니 좋아해?"

창밖을 보고 있던 배도빈이 천천히 고개를 돌렸고 그 표정을 본 차채은이 깔깔 웃었다.

"왜 그렇게 싫어해."

"그런 꼬맹일 누가."

"오빠보다 한 살 많은데?"

"……정신적인 걸 말하는 거야."

배도빈을 놀리는 데 신이 난 차채은은 집요하게 늘어졌고 그 모습을 지켜보던 최지훈이 끼어들었다.

"저번에도 그렇고 도빈이가 좋아하는 사람에 관심이 많은 것 같아."

한창 재미를 보던 차채은이 최지훈이 방실방실 웃으며 던진 반격에 입을 닫았다.

배도빈은 다시 창밖으로 눈을 돌려 생각에 잠겼다.

'대교향곡 작업이 너무 더뎌. 여행 뒤에는 좀 나아지려나. ……B팀 인계를 서둘러야겠어. 케르바 슈타인이 나서면 괜찮겠지.'

'C팀 구성도 처리해야 하는데. 지금으로서는…… 역시 찰스를 중심으로 해야겠지. 이승희도 괜찮고. 첼로가 메인인 것도 나쁘지 않아. 듀엣으로 올려도 좋고. 그럼 A팀 악장은 누구로 채우지. 역시 소소가……. 아니. 리더로서는 부족해.'

'지훈이랑 연주할 연탄곡도 문제고. ……가우왕과도 약속했었지. 나윤희에게도 하나 주고 싶은데. 휴가 뒤엔 슬슬 복귀할 수 있을까? 재활이 잘 돼야 할 텐데. 무리하는 편이라 정말 괜찮은지 알 수가 있어야지.'

'고려할 일이 너무 많아. ……홍승일의 기일이 언제였더라. 아. 11월 6일. 올해는 가야 할 텐데 시간 낼 수 있을까.'

'노먼이랑 사카모토가 함께해 달라고 했는데. 일정을 정리해 봐야겠어. 휴가를 최대한 활용해야지. 할아버지와 한 약속도 있는데 계속 미루면 안 좋아.'

그 외에도 여러 단체에서 보내온 수상 소식과 초청장 등이 셀 수 없을 정도로 쌓여 있었다.

그럴수록 배도빈은 그러한 일들에 거리를 두고 싶어졌다.

'그러지 않아도 바빠 죽겠는데.'

배도빈이 피로에 눈을 감자 핸드폰이 울렸다.

나윤희에게서 온 메시지였다.

[붕대 풀었어. 바빠 보여서 인사를 못 했는데…… 앙코르 무대 고마워. 정말 감동이었어. 앞으로 더 열심히 할게, 보스.]

메시지에는 사진도 함께 첨부되어 있었다.

자기 몸보다 큰 TV 박스를 끌어안고 있는 왕소소와 눈이 튀어나올 것 같이 놀란 이승희, 입을 가린 료코, 두 팔을 번쩍 든 진달래 그리고 화면 앞에 반쯤 잘린 나윤희의 모습이었다.

'귀엽네.'

그것을 본 배도빈이 씩 하고 웃었다.

'……케르바 슈타인의 자리를 찰스가 대신하고 C팀 메인은 나윤희에게 맡겨도 되겠지.'

무엇부터 해결해야 좋을지 알 수 없는 상황에서 작은 부분이 해결된 듯했다.

그제야 배도빈은 잠시 여유를 찾을 수 있었다.

"레버쿠젠 별장은 어떤 곳이에요?"

"히도퍼 지란 호수 근처야. 지금쯤이면 사람이 많을 텐데 외딴곳이라 조용하대."

"가본 적 있으세요?"

"아니."

각국의 주요 도시마다 별장을 두고 있는 유장혁 회장의 장녀이자 어머니 유진희의 당당함에 배도빈이 작게 웃으며 눈을 감았다.

월드 디자인 스튜디오는 이번 대규모 영화 제작에 있어 지원을 아끼지 않았다.

2020년, 로버트 바틴슨 주연의 판타지 블록버스터 영화 이후 3년 이상 대본을 준비한 크리스틴 노먼 감독의 열정은 대단했다.

모든 것이 완벽했고 더 바라는 게 있다면 '인크리즈'와 '덩케르크 철수 작전'을 함께하며 크게 성공시킨 배도빈의 협력이었다.

그러나 배도빈의 일정이 빡빡하고 전처럼 유동적으로 움직일 수 있는 입장이 아니었기에 크리스틴 노먼 감독은 사카모토 료이치를 영입.

가능하다면 두 거인이 함께 음악 작업을 도와주었으면 했다.

언뜻 사카모토 료이치와 배도빈 두 사람 모두에게 실례가 되는 일일 수도 있었지만, 그것이 큰 욕심이라는 걸 알면서도 크리스틴 노먼은 최고의 영화를 만들겠다는 일념으로 일을 밀어붙였고.

배도빈으로부터 긍정적으로 검토하겠다는 답변을 받은 상태였다.

촬영은 이미 대부분 끝난 상태.

우선 작업을 시작한 사카모토 료이치와 크리스틴 노먼은 매일 두 시간 이상 미팅을 가지며 서로의 의견을 활발히 공유하였다.

모든 것이 잘 돌아가고 있었다.

사카모토 료이치의 천재적 발상은 오케스트라 곡만을 고집했던 크리스틴 노먼에게 또 다른 영감을 불러일으켰고.

크리스틴 노먼의 세계관은 사카모토 료이치에게 새로운 도전이었다.

이제 바랄 것은 사카모토 료이치의 감성적 피아노와 배도빈의 격렬한 오케스트라를 알맞게 재단해 영화에 입히는 일뿐이었고.

그 고무적인 상황에서 사카모토 료이치의 와병은 아무도 예상치 못한 변수였다.

늦은 오후, 레버쿠젠의 별장에 도착했다.

목재로 지은 2층 높이의 건물은 제법 잘 관리되고 있었는데 숲 한가운데에 있어 과연 조용히 지내기에 적절해 보였다.

오는 도중에 꽤 많은 사람이 호숫가 근처에 있어 걱정했지만 기우였던 모양.

할아버지도 어머니도 한 번도 들리지 않았다고 하는데 왜 이 좋은 곳을 방치했는지 모를 일이다.

'여기 말고도 사두기만 한 곳이 한두 개가 아니겠지만.'

차에서 내리니 관리인이 마중을 나왔다.

"어서 오십시오. 이곳을 관리하고 있는 제이슨 프라이데이 입니다."

수염이 멋대로 나 있고 도끼를 들고 있는 프라이데이 뒤로 장작이 널브러져 있다.

아직 날이 더운데 벌써부터 장작을 준비하는 걸 보니 부지런한 사람인 듯하다.

"반가워요. 유진희라고 해요."

"반갑습니다, 제이슨."

아버지 어머니와 인사를 나눈 관리인 프라이데이가 정중히 별장으로 안내했다.

잡초 하나 없이 잘 정돈된 정원이 인상 깊다.

"예정보다 조금 일찍 오셨네요. 이곳이 거실, 저쪽이 부엌입니다. 침실은 2층에 있으니 원하시는 대로 사용해 주십시오."

"고마워요. 사용을 안 해서 걱정했는데 정말 깔끔하네요. 혼자 관리하기 힘드셨을 텐데."

"마음에 드신 것 같아 다행입니다. 정돈된 정원을 보면 제 기분도 좋아지거든요."

좋은 직업 정신이다.

"다만 지하실은 수리 중인 곳이 있어 위험하니 조심해 주십시오."

"도진아, 들었지?"

"네!"

1층 거실에는 벽난로와 TV, 큰 소파 그리고 곰 가죽이 카펫으로 깔려 있었는데 도진이가 곰 얼굴을 보고 깜짝 놀라 울먹이고 말았다.

"이건 부탁드릴게요."

"네. 식사 후 돌아오셨을 땐 치워두겠습니다."

부엌과 작은 분수가 있는 넓은 테라스와 그 앞에 딸린 정원을 둘러본 뒤 제이슨 프라이데이가 고개를 숙였다.

"2층도 둘러보시지요."

함께 2층으로 올라갔다.

계단이 판자를 자르고 조립한 게 아니라 큰 나무를 깎아 만든 거라 고풍스럽다.

이런 데에는 문외한이지만 분명 실력 좋은 장인의 솜씨일 거다.

"대박!"

채은이가 계단 옆방에 들어가자마자 침대 위로 몸을 날려 베개에 얼굴을 파묻었다.

"난 여기! 끄우우우우웁! 우리 집 별장도 이랬으면 좋겠다."

신난 것 같다.

그 옆에 최지훈이, 건너편에는 나와 도진이가 가방을 두었다.

2층에도 작은 거실이 있었는데 음향기기와 TV, 피아노가 있어서 최지훈과 같이 살펴보고 있자니 어머니께서 나오셨다.

"식사 준비는 아직이죠?"

"네. 바로 준비하겠습니다."

"같이해요."

"아, 저도 도울게요, 어머니."

"괜찮아. 놀고 있어도 돼."

"이런 거 좋아해요."

"저도."

"도빈이는 맛있게 먹어주면 돼."

최지훈이 어머니를 따라 1층으로 내려갔고.

"도진아, 누나랑 놀자."

"뭐 하고?"

도진이는 채은이를 따라 쪼르르 방으로 들어갔다.

잠시 뒤에 나온 아버지가 나를 보시더니 웃으셨다.

"장 보러 갈 건데 같이 갈래?"

"네."

훌륭한 요리사인 어머니께서는 내 탁월한 미적 감각을 필요로 하지 않으시고, 달리 할 일도 없겠다 아버지를 따라나섰다.

아버지 표정이 무척 좋아 보인다.

"어때? 나오니까."

"조금 지루하긴 하지만 불편하진 않아요. 아버지는요?"

"하하."

잠깐 웃은 아버지께서 핸들을 돌리며 말씀하셨다.

"아빠는 좋아. 아빠도 엄마도 도빈이랑 도진이한테 좋은 기억을 주지 못한 거 같아서 내내 마음에 걸렸거든."

그러고 보니 도진이까지 함께한 가족 여행은 처음이다.

도진이가 태어나기 전에도 한 번뿐이었고 돌이켜 보니 참 바쁘게 살아온 듯하다.

아마 인생이 짧다는 걸 알기에 의식하지 않고도 휴식을 꺼리고 있었는지도 모른다.

그러나 가족만큼 소중한 것도 없다는 걸 생각해 보면, 휴식을 낭비라는 생각이 현명한 것 같진 않다.

"지금부터 가지면 되죠."

아버지와 잠시 시선을 마주하곤 웃었다.

'가족이라.'

어머니와 도진이랑은 함께 사는 만큼 이런저런 이야기를 나누지만 아버지와는 그럴 기회가 적었다.

어릴 때부터 밖에서 활동하기도 했고 또 원체 본인 이야기는 잘 안 하시니까.

어렸을 때부터 알게 모르게 어머니도 아버지도 날 위해 희생한 일이 많은 만큼.

지금은 아버지도 어머니도 본인의 삶을 즐길 수 있게 돕고 싶다.

"테메스…… 였죠? 아버지가 찾는 부족."

"응."

"처음에는 영국에서 발견했잖아요. 유럽 본토로 넘어온 이유가 뭐예요?"

"음."

아버지께서 생각을 정리하시더니 이내 최대한 쉽게 테메스 부족에 관한 이야기를 풀어내셨다.

"테메스의 시작은 기원전 8세기 무렵으로 보고 있어. 당시 지금의 영국에서 시작되었는데 켈트 문화와 비슷한 양상이었던 것 같아."

역사 강의 시간이다.

"켈트족에 관한 이야기는 카이사르가 작성한 갈리아 전기에 소개되는데 그 안에서도 꽤 여러 문화가 있었고 그중 하나가 테메스. 어쩌면 그전부터 있었을지도 모르지만 사서에 처음 기록되었으니까."

아버지께선 켈트 문화의 특징 중 하나인 드루이디즘이 아마도 테메스에 영향을 받지 않았나 하고 조심스레 추측하셨다.

"그렇게 번성하던 테메스가 이동하게 된 건 아마 로마 때문으로 보는데. 클라우디우스 황제가 5만 명을 이끌고 영국을 정복했거든."

세계사는 어렵다.

"그때 테메스에 관련된 유적이나 기록이 대부분 소실되었어. 이후 테메스의 역사가 끊긴 줄 알았는데, 네가 태어나기 전에 유럽 각지에서 관련 유물이 발굴되었지. 처음에는 그저 로마가 수탈하고 남은 건 줄 알았는데 최근에 부락을 이루고 있었던 터를 발견한 거야."

알아들을 수 있는 이야기만 정리해 보면 기원전부터 영국에서 자리하고 있던 테메스란 부족이 로마의 침략으로 유럽 본토로 도피한 듯하다.

"수백 년간 공백이었지. 기록을 남길 여유도 없었던 것 같아. 하지만 16세기부터는 꽤 번영했던 것 같아. 작은 규모이긴 해도 마을 단위로 유적이 나왔으니."

16세기면 나도 알 법도 한데 테메스란 마을은 들어보지 못했다.

"재밌는 건 그들이 자리 잡은 지역이 지금의 오스트리아 빈 근처라는 거야. 원래 오스트리아는 기원전 1세기까진 켈트 민족이 지배하고 있던 땅이거든. 제2의 고향이었던 거지. 그곳도 로마 제국에 의해 몰락되었지만 어떻게든 숨어 지냈던 것 같아."

"빈이요?"

"응. 음악으로 유명한 곳이지?"

두말하면 입 아프다.

당시 유럽의 예술은 모두 빈 근처에 집중되어 있었다고 해도 과언이 아니다.

"그 때문인지 이후의 기록은 당시 독일어로 적혀 있어. 음악으로 치료를 했다는 기록도, 테메스가 공동체의 이름이자 부족장의 이름이라는 것도 그때 발견되었고. 18세기까진 오스트리아에 있었는데, 문제는 그 뒤의 행방이 묘연하다는 거야. 지금은 그걸 찾고 있고."

'내가 이렇게 주변에 관심이 없었나?'

물론 역사를 공부한 적 없지만 18세기까지 빈 근처에 마을을 이루고 있던 이들을 그 당시 빈에서 살고 있던 내가 모르다니.

가방끈은 짧았지만 사교계에 불려 다니며 귀족들을 통해 여러 이야기를 접한 나로서도 테메스란 이름을 들은 적은 없었다.

"여기까지면 많은 사람이 집착할 이유가 없는데, 아빠랑 함께 연구하는 사람들은 테메스 부족이 남긴 신탁이 사실이지 아닐까 싶어."

"뭔데요?"

"위대한 영혼을 위로하라. 무결한 이에게 닿도록 외쳐라. 마침내 완전한 존재를 위해 노래하리니 이윽고 새로운 문이 열려 광명을 비추리라."

배영빈이 보는 만화나 아리엘 얀스의 말투와 비슷하다.

"드루이디즘과 관련이 있는 만큼 테메스 부족이 말하는 위대한 영혼은 신을 뜻할 테고 신을 위로하기 위해 음악을 했던 것 같아."

종교와 음악은 떼놓을 수 없는 관계.

서양 음악도 교회로부터 발전해 왔으니 그럴 법도 하다.

"궁금한 건 새로운 문이 뜻하는 건데 그게 아마 테메스가 숨긴 보물의 열쇠이지 않나 싶어."

"보물이요?"

"그래. 보물. 정확히 어떤 건지는 알 수 없지만 기록에서는 테메스 부족의 족장 테메스가 대대로 물려준 보물이 있다고 하거든."

"찾으면 엄청 비싸겠네요."

"아빠의 로망이지."

아버지가 차를 세우며 고개를 돌렸다.

역사나 그런 것에는 관심이 없지만, 아버지의 마음은 이해할 수 있을 것 같다.

씩 하고 웃으며 마트로 들어갔다.

저녁을 먹은 배도빈, 최지훈, 차채은이 2층 거실에 모였다.

"도진이는?"

"아버지, 어머니랑 산책 갔어."

"너무 어두운데. 형광등 안 켜져?"

"전기가 나갔나 봐. 불이 안 들어오는데."

최지훈이 어두운 와중에도 스위치를 찾았지만 딸각거리는
소리만 날 뿐, 불은 들어오지 않았다.

"아, 여기 있다."

차채은이 손전등을 켜자 협소하게나마 시야가 트였다.

찌르르- 찌르르-

풀벌레 우는 소리와 함께 바람이 불고 그에 맞춰 창문이 덜
컹거렸다.

불규칙하게 울리는 소음이 불쾌하게 울렸고 차채은이 배도
빈 뒤에 숨어 손전등을 건넸다.

"좀…… 무섭다."

손전등을 받아 든 배도빈이 무심하게 주변을 비춰보곤 입을

열었다.

"그래서. 뭘 해야 하는데?"

"모, 몰라."

"……."

"아. 도빈아, 여기 불 좀 비춰 봐."

최지훈이 뭔가를 발견한 듯해 배도빈이 성큼성큼 걷자 차채은이 후다닥 그 뒤를 쫓았다.

"뭔데?"

"수첩. 뭔가 적혀 있는 것 같아."

최지훈이 책상 서랍을 가리켰고 배도빈이 그것을 비추었다.

펼쳐진 수첩에는 최지훈의 말대로 누군가의 일기가 적혀 있었다.

심하게 훼손되어 알아보기 힘들었지만 마지막 문구만은 읽을 수 있었다.

"용서하지 않을 거다? 이게 무슨 말이야?"

"모, 몰라아. 오빠, 그냥 우리 그, 그만하자."

"아, 뒤에 더 있다."

최지훈이 페이지를 한 장 더 넘기자 지하실 쪽이 검게 덧칠된 그림이 그려져 있었다.

"뭔가 숨기려는 것 같지 않아?"

"그러게. 가볼까?"

"미, 미쳤어?"

쿠구궁-

"꺄아아악!"

순간.

아래에서부터 기계가 작동하는 듯한 소리가 육중하게 울렸고 덕분에 깜짝 놀란 차채은은 이미 제정신이 아니었다.

"아래쪽에서 났지?"

"어. 보고 올게."

"가지 마. 가지 마."

배도빈이 계단에 발을 내딛자.

끼이익.

소름 끼치는 소리가 고막에 스며들었다. 그와 동시에 계단을 타고 올라오는 검은 연기가 배도빈의 발을 휘감았고, 최지훈이 눈매를 좁혔다.

"불은 아닌 거 같은데."

"가지 마. 가지 마."

끼이익.

배도빈이 한 발 더 내딛자 차채은이 오열하다시피 떼를 썼다.

"대체 왜 가려는 거야. 영화도 안 봐? 이럴 때 가는 거 아니라고오!"

"뭔지 궁금한데."

"오빠, 오빠 아니지?"

덤덤한 배도빈에게 질린 차채은이 최지훈에게 매달렸지만 소용없었다.

"나도 궁금해. 지하에서 올라오는 건가?"

"확인해 보면 되지. 채은아, 조심해서 내려와."

"안 간다고!"

바람에 덜컹거리는 창문과 발아래 깔린 검은 연기로 잔뜩 예민해진 차채은은 이미 계단을 내려가고 있는 두 사람을 따라가지 않을 수 없었다.

하나뿐인 손전등은 배도빈이 들고 있었고 혼자 어둠 속에 남아 버틸 수 있을 리 없었다.

"가, 같이 가."

"빨리 와."

'무슨 신경이야.'

차채은이 조심스레 발을 내디뎠다.

어둡고 무서워 뭐라도 잡고 싶어 난간에 손을 뻗었지만 닿지 않아 허공을 가를 뿐이었다.

그때.

차채은의 눈앞으로 무엇인가가 떨어졌다.

"엄마야!"

"왜 그래?"

"바, 바, 바, 방금 뭐 떨어졌어."

배도빈이 차채은이 있는 방향으로 불을 비췄다.

그 탓에 시야가 가려진 차채은이 손을 앞으로 뻗곤 휘저었고 배도빈과 최지훈은 잠시 말을 잃었다.

"채은아."

"왜, 왜."

"고개 들지 말고 그냥 내려와."

"그런 말 하지 마! 어떻게 가라는 거야아아!"

배도빈이 차채은이 보고 내려올 수 있게 계단을 비췄다.

삐걱.

끼이익.

그대로 주저앉아 우는 차채은을 데려오기 위해 최지훈이 내려왔던 계단을 다시 올라가자 차채은이 엄마와 아빠를 찾으며 더욱 크게 울었다.

한참을 달랜 뒤에야 일어선 차채은이 최지훈과 함께 발을 맞춰 내려오는데 배도빈이 재촉했다.

"빨리 와."

"되겠냐! 멍충아!"

차채은이 있는 대로 화를 내며 배도빈을 보았고 아주 작은 불빛에 어이없어 웃는 배노빈의 얼굴이 보였다.

그 순간.

거대한 금속 날이 빛에 반사되었다.

"도빈아!"

"오빠!"

콰드득!

도끼날이 참혹한 소리와 함께 배도빈의 목과 어깨 사이로 파고들어 모습을 드러냈다.

사방으로 번진 피가 계단을 물들였고.

무참히 벌어진 상처에서는 혈액이 심장이 뛸 때마다 꿀렁대며 분출되었다.

힘없이 떨어진 손전등이 돌아, 기괴한 가면을 쓴 남자를 비추고.

"너어어!"

이성을 잃은 최지훈이 뛰쳐나갔다.

공포에 질린 차채은은 그대로 주저앉아, 가면 쓴 남자에게 허리를 베인 최지훈을 보고만 있을 수밖에 없었다.

그리고.

꾸우욱. 꾸우욱.

계단을 올라오는 남자로 인해 모든 시야가 가려졌고.

이내 그녀의 눈앞으로 도끼날이 쇄도했다.

〈YOU DIE〉

차채은이 VR을 벗어 던지며 소리쳤다.

"뭐 이런 게임이 다 있어!"

"죽었어?"

배도빈이 묻자 차채은이 달려들어 배도빈을 사정없이 때렸다.

"내가! 가지! 말자고! 했지!"

"안 가면 진행이 안 되잖아."

배도빈이 우는 차채은을 달래느라 애먹을 때 최지훈이 게임 타이틀을 살피며 물었다.

"와. 근데 진짜 잘 만들었다. 루드 캣 신작이야?"

"그런가 봐. 나한테도 보내줬는데 할 시간이 없어서."

"이거 19세인데 어떻게 산 거야?"

"그딴 게 중요해? 버려!"

배도빈 일가와 최지훈, 차채은의 첫 번째 휴가가 엉망으로 시작되었다.

시간마다 준비되는 훌륭한 자연식과 깊게 파고들 수 있는 베개 그리고 조용한 숲은 강철같던 배도빈마저 녹아내리게 했다.

소파에 길게 누운 배도빈은 눈만 깜빡일 뿐 조금도 움직이지 않았다.

그러고 있다 보면 어느새 눈을 감고 졸곤 했는데 최지훈과 차채은, 배도진은 그 모습이 신기하기만 했다.

"도빈이 얌전한 거 처음이야."

"나도. 이렇게 게으르면서 지금까진 어떻게 지냈대?"

"형아. 형아."

배도진이 배도빈의 뺨을 때렸다.

항상 악보를 보거나 악기를 연주했던 형이 누워 있기만 하니 죽은 건 아닌지를 확인하기 위한 행동이었지만 배도빈은 움직이지 않았다.

"피곤한가 봐. 형이랑 1층에서 만화 볼래?"

최지훈이 그런 배도진을 말렸다.

"형 아파?"

배도진이 걱정스럽게 배도빈과 자신의 이마에 손을 가져다 대며 물었다.

"푹 쉬면 괜찮아질 거야."

두 사람이 손을 잡고 계단을 내려가자 차채은이 잠든 배도빈을 말없이 바라보았다.

'지쳤나 봐.'

철이 들기 전부터 함께했지만 차채은은 배도빈으로부터 힘들다는 말을 들어본 적 없었다.

비슷한 말조차 없었다.

어렸을 때는 아무 생각 없었지만 돌이켜 보면 그 어린 나이부터 배도빈은 너무나 많은 일을 감당하고 있었다.

자의에 의한 것이라고는 해도 한 사람이 감당할 수 없는 일을 십 년 넘게 해내고 있었다.

그것을 누구보다도 잘 알기에 이렇게 지쳐 잠만 자는 모습이 안타까울 뿐이었다.

그러나 베를린으로 돌아가면 언제 그랬냐는 듯, 자신을 한계까지 몰아붙일 것이기에.

음악을 하지 않고는 살 수 없는 사람임을 알기에 차채은은 그런 배도빈이 답답하면서도 미워할 수 없었다.

힘이 되어주고 싶었다.

그가 전해준 힘과 용기를 나눠주고 싶었다.

덜 여문 그 마음은 그 어떠한 점에서도 명확하진 않았지만 지금도 글을 쓰는 행위를 통해 성장하고 있었다.

빠바바밤- 빠바바밤-

어느새 잠들었던 모양.

핸드폰이 울려서 깼다.

벌레에게 물리기라도 했는지 뺨이 아프다.

눈을 비비고 겨우 일어나자 벨소리가 멈췄다. 누군가 싶어 손을 뻗어 보니 박선영이 막 문자 메시지를 보냈다.

전화를 건 사람도 그녀였는데 급한 일인가 싶어 메시지를 확인하니 전화를 달라는 내용이었다.

바로 전화를 걸었다.

첫 신호음이 다 가기도 전에 박선영이 다급히 전화를 받았다.

-도빈이야?

"네. 무슨 일이에요?"

전화기 너머에서 히무라와 박선영의 목소리가 겹쳐 들렸다.

둘이 잠시간 언성을 높였지만 제대로 알아들을 수는 없었다.

'뭐야?'

-도빈아, 나야.

히무라다.

"네. 무슨 일 생겼어요?"

-지금 말하긴 그런데. 혹시 언제쯤 돌아오는지 정해졌어?

"한 사나흘 뒤엔 돌아갈 거예요."

묻기에 대답은 했지만 박선영과 히무라의 태도로 보아 뭔가 심상치 않은 일이 생긴 듯하다.

"무슨 일인데요. 말해봐요."

-그게…….

-도빈이도 알아야지! 모르고 있다 돌이킬 수 없는 상황이 되면 어떡할 건데!

박선영이 소리쳤다.

전화기 너머로 히무라의 한숨이 나지막하게 전해진다.

잠깐의 간격을 두고 히무라의 고뇌가 전해져 괜히 불안해지던 중 그가 간신히 입을 뗐다.

-사카모토 선생님이 쓰러지셨어.

누군가 어깨를 때린 것 같다.

서 있을 수 없다.

-다행히 정신은 차리셨는데 아무래도…….

아무것도 할 수 없었다.

무엇을 해야 하는지 무엇부터 생각해야 하는지 알 수 없어 가만히 전화기를 들고 있는 것 이외에는 할 수 있는 일이 없었다.

-선생님은 말하지 말라고 부탁하셨는데…… 선영이 말대로 더 늦기 전에 가보는 게 좋을 것 같아.

알겠다는 말을 남기고는 전화기를 내렸다.

멍청하게 넋을 놓고 있기를 얼마간.

'아니야. 괜찮을 거야.'

푸르트뱅글러와 달리 바른 생활을 하는 사카모토라면 분명 잘 치료받고 나을 것이다.

나이가 있어 그럴 뿐.

괜찮을 거다.

그래야만 한다.

'LA에 있겠지? 내일 출발하면 얼마나 걸리지. 아니, 오늘 밤이라도 가자. ……괜찮을 거야.'

사카모토가 죽을 리 없다.

이틀 전만 해도 건강했던 사카모토가 갑자기 쓰러지다니, 뭔가 착오가 있는 것이다.

문득.

멀리 피아노 소리가 났다.

정신을 차리니 그 소리가 좀 더 가깝게 느껴졌다.

'이 곡은.'

첫 번째 에튀드.

일어나 소리를 따라 걸으니 피아노를 연주하는 차채은과 그 옆에서 지켜보고 있는 최지훈을 볼 수 있었다.

'……엉망이잖아.'

다섯 살 때가 훨씬 낫다.

건반을 누르는 어색한 동작과 제법 진지한 눈이 대조된다.

굳은 손가락이 제 뜻대로 움직이지 않아 천재적인 리듬감이 활약하지 못한다.

그간의 공백이 정말 아쉬울 따름.

채은이가 아닌 그 어떤 사람이라도 10년간의 공백을 두고 멀쩡한 연주를 할 수 있을 리 없다.

'그래도 기억은 하고 있네.'

제멋대로지만 그래도 음계만은 외우고 있는 점은 다행이다.

차채은이 연주를 끝내고 일어섰다.

"와. 더럽게 못 친다. 흐힛."

차채은이 멋쩍은 듯 웃자 최지훈이 고개를 저었다.

"연습하면 금방 좋아질 거야."

"나만 치게 하지 말고 오빠도 해봐. 듣는 것도 공부잖아."

최지훈이 어쩔 수 없다는 듯 의자에 앉았다.

"뭐 듣고 싶은데?"

"요즘 연습하는 거 있다며."

"어……. 그건 좀 시끄러워서 도빈이 깰 것 같아. 조용한 곡으로 하자."

"해봐."

피아노 옆으로 가 바닥에 앉았다.

이상한 말을 들어서 기분이 몹시 안 좋으니 최지훈의 연주라도 들으며 마음을 가라앉혀야겠다.

"나 때문에 깼어?"

"아냐."

고개를 젓고는 의자에 몸을 기댔다.

"아직 완성은 아닌데."

최지훈이 손바닥으로 손가락을 뒤로 쭉 밀며 숨을 깊게 들이마셨다.

오케스트라 대전 기간 내내 열심히 했던 것 같은데 이번에는 또 어떤 연주를 들려줄지.

차분히 눈을 감자 곧 5도 화음이 고막을 때렸다.

강렬하게 건반을 내려친 최지훈은 스케일로 손을 풀더니 이내 낙차를 크게 벌렸고.

이내 음표를 호우처럼 떨어뜨렸다.

'무슨.'

일어날 수밖에 없었다.

건반을 부술 듯한 타건은 각 음계를 명확하게 터뜨렸다.

A-D-F#-D로 이어지는 11도 분산화음 뒤에 마치 세계를 넘어선 듯한 도약.

3옥타브를 넘겨 다시금 이어지는 아르페지오.

연주는 더욱 빨라져 마침내 사람이 인식할 수 있는 범위를 넘어서 버렸다.

초당 14개 음만 넘어서도 사람의 귀는 그것을 인식하지 못하는데, 최지훈의 연주는 마치 픽셀을 지우기라도 하려는 듯했다.

음계 하나하나가 모여 큰 그림을 이루는 게 피아노라면 음계 사이의 간격을 최대한 좁혀 리듬감이 존재하는 한계선에서 화질을 높이는 중이다.

그간 준비하던 것이 이것이었나.

감탄하며 보고 있는데 최지훈의 얼굴이 일그러져 있었다.

감정 표현이라기보다는 고통을 참는 듯한 얼굴에 순간 소리치고 말았다.

"그만!"

최지훈의 어깨를 잡았다.

녀석이 깜짝 놀라 돌아봤고 그 순진무구하면서도 놀랍도록 곧은 눈빛에 나는 덜컥 겁이 났다.

"왜, 왜 그래. 무섭게."

"……."

"히힛. 아직 엉망이지? 빠르기만 하면 의미가 없으니 최대한 멜로디를 살려 보려는 중인데."

"……하지 마."

"어?"

무엇을 하고 싶은지는 충분히 이해했다.

이 녀석이라면 언젠가 해내고 말 것이다.

반드시 그럴 것이다.

해낼 때까지 포기하지 않고 자신을 혹사할 테니까.

그러나 이래서는, 이런 방식으로는 안 된다. 생명을 깎아내릴 뿐이다.

연주할 때 녀석의 표정만 봐도 알 수 있다.

"속주만이 답이 아닌 건 알잖아. 넌 다른 방향으로도 더 성장할 수 있어. 굳이 이런 게 아니라도 최고가 될 수 있어."

"도빈아."

"이런 식으로 했다간."

나조차 깜짝 놀라게 한 연주법.

이런 식으로 소리를 가지고 노는, 아니, 유린하는 피아니스트는 단 한 번도 보지 못했다.

초절기교로 유명한 가우왕이나 완벽한 피아니스트라는 크리스틴 지메르만도 아닌 오직 최지훈만이 시도한 일이다.

"망가질 거야."

최지훈의 손을 보았다.

그야말로 피아노를 연주하기 위해 태어났다고 해도 좋을 만큼 크고 얇으며 동시에 힘도 갖추었다.

그걸 사용하는 최지훈 역시 탁월한 재능을 보유했고 굴하지 않는 마음을 가졌으니 언젠가는 정말 최고의 자리에 오를 것이다.

하지만.

"이런 식은 아니야."

자신을 파괴하는 행동을 보고 있을 수만은 없다.

"괜찮아. 가끔 쑤시기는 하지만 아프면 확실히 쉬니까."

"쑤시다니?"

"여기랑 여기 또 여기……."

최지훈이 손가락 마디를 가리켰다.

이제 고작 19살에 멀쩡한 마디가 없다니, 피 흘리는 나윤희와 과거의 지옥 같던 일이 떠오른다.

그리고.

사카모토.

"병원도 가봤는데 별문제 없대. 괜찮아. 나 걱정해 주는 거야?"

"당연하잖아!"

멱살을 잡고 놈을 일으켰다.

"오, 오빠! 왜 그래!"

고개를 들어 멍청한 형제에게 말했다.

"웃지 마. 쉽게 생각하지 마."

"……도빈아."

"너는. 너는!"

"괜찮아. 걱정 마. 윤희 누나처럼 안 될 거야. 안 그럴게."

최지훈이 나를 안았다.

그제야 애써 속이고 있던 마음이 터져 나오고 말았다.

"사카모토가…… 쓰러졌대."

"조심해서 잘 다녀와."

"네."

"도착하면 전화하고."

고개를 끄덕이곤 어머니와 도진이를 안아주었다.

"다음에 또 오면 되니 맘 쓰지 말고 다녀와. 사카모토 씨 잘 위로해 드리고."

"네."

아버지께서 등을 쓸어내려 주셨다.

"괜찮을 거야."

"그래."

채은이와 인사하고 최지훈과는 말없이 서로를 안아주었다.

할아버지의 직원이 마중을 나와 차에 탔고 초조하게 기다리 길 얼마간, 하노버에 있는 격납고에 도착할 수 있었다.

"바로 출발할 수 있어요?"

"예. 준비 끝내두었습니다."

12시간 안에 모든 걸 처리할 수 있다니.

이럴 때는 정말 할아버지께 감사할 뿐이다.

익숙하지 않은 개인기에서 자꾸만 쑤셔오는 가슴을 애써 무시하며 출항을 기다렸다.

69악장
잊을 수 없는

공항에 도착하자 사카모토의 비서이자 어렸을 적 통역을 해 주었던 오구라 유키가 마중 나와 있었다.

이럴 때가 아니라면 반갑게 인사를 나눴겠지만 조금도 웃을 수 없었다.

"바로 만날 수 있어요?"

"괜찮겠니? 피곤할 텐데."

"상관없어요."

그녀가 운전하는 차에 타 UCLA 메디컬 센터로 향했다.

반나절을 날아왔건만.

LA 국제공항에서 병원으로 가는 90분 남짓한 시간이 너무 도 길게 느껴졌다.

조급한 탓일까.

몇 번이나 사카모토의 상태를 묻고 싶었지만 그럴 수는 없었다.

슬픔이 묻어나오는 오구라 유키의 옆모습만으로도 겁에 질려 괜찮을 거라고, 문제없을 거라고 자위할 뿐이었다.

그리고 마침내 사카모토가 입원해 있는 곳에 도착했다.

"여기야."

본관을 지나쳐 별관 엘리베이터에서 내리니 이내 사카모토 료이치의 이름이 적혀 있는 병실을 찾을 수 있었다.

비행기 안에서 간신히 달랜 가슴이 병실 앞에 서자 터질 듯이 뛰었다.

그녀가 손잡이를 잡았다.

"잠깐."

터질 듯한 가슴을 애써 부여잡고는 고개를 끄덕이니 오구라 유키가 문을 열었다.

예상했던 병실과는 전혀 달랐다.

사카모토도 찾아볼 수 없었다.

"이거 해야 해."

오구라 유키가 앞서서 강한 바람으로 몸을 닦아냈고 의사나 간호사들이나 입을 법한 흰색 옷을 덧입었다.

그런 뒤에도 다시 한번 소독을 하고 나서야 나는 두꺼운 비닐 너머에서 웃고 있는 사카모토를 볼 수 있었다.

그는 습기를 흘리고 있는 가습기와 순백의 벽, 같은 색의 침대가 있는 방에 갇혀 있었다.

평소와 다르지 않은 모습과 그를 가두고 있는 이 얇은 막이 대조되어 실감이 나지 않았다.

사실이라고.

믿을 수 없었다.

"허허. 히무라 군이 약속을 안 지킨 모양이야. 쿨럭."

"……."

"울지 말게."

흐린 시야 너머로 사카모토의 얼굴이 자꾸만 일렁인다.

"사카모토……."

"여기 있네."

"사카모토."

"음음. 괜찮네. 괜찮아."

서 있을 수 없다.

"이제 베를린 필하모닉의 주인이지 않은가. 그렇게 앉아 있으면 안 되네."

고개를 들자 그가 어느 때와 같이 부드럽게 웃었다.

"와줘서 고맙네."

♪

반나절을 달려왔지만 결국 아무 말도 할 수 없었던 난 그저 사카모토의 마음을 더 무겁게 했을 뿐이었다.

면회 후 복도 벤치에 앉아 있는데 오구라 유키가 다가왔다.

"……무슨 병이래요?"

"골수의 조혈기능에 장애가 생겼대."

"그게 뭔데요?"

"……백혈병이래."

과거 유럽에서는 사람이 정말 쉽게 죽었다. 사소한 찰과상만 당해도 며칠을 앓다가 허망하게 가는 이가 너무도 많았지만.

그때와 지금은 다르다.

오구라 유키가 말을 이었다.

"면역력이 너무 나빠지셔서 몸이 이겨낼 수 없으신가 봐. 연세를 감안하더라도 백혈구 수치가 너무 낮대. 이대로면……."

오구라 유키가 뒷말을 얼버무렸다.

"방법은요? 있을 거 아니에요."

"조혈모세포 기증자를 찾는 중이지만 우선 몸을 회복하시는 게 우선이라 상황이 잘 맞아떨어져야 하나 봐."

"……."

회복할 가능성이 적다는 말을 돌려 말하는 듯해 눈을 감았다.

"선생님은."

오구라 유키가 조심스레 말을 꺼냈다.

"도빈 군의 일정을 망가뜨리고 싶지 않다고 하셨어. 그래서 비밀로 하길 바라셨고. 하지만."

"……."

"하지만 쓰러지기 전에는 도빈 군과 함께 작업하고 싶다고 하셨어. 버릇처럼. 저기, 부탁할게. 난 상상도 못 할 정도로 바쁘겠지만, 정말 염치없지만 그래도. 그래도 어떻게 안 될까?"

사카모토와의 작업이라면 그것이 언제든 어떤 조건이든 큰 기쁨이다.

그는 푸르트벵글러와 더불어 나를 가장 잘 이해하는 사람이고 나 역시 마찬가지.

음악가로서도.

벗으로서도 그와 함께라면 더없이 즐거운데.

이번이 마지막이라는 것이 최악일 뿐이다.

"……내일 다시 올게요."

"……응."

병원에서 나와 크리스틴 노먼에게 전화를 걸었다.

그녀는 다소 지친 목소리로 반갑게 전화를 받았다.

한 작품을 만들 때 전력을 다하는 만큼 육체적으로도 정신적으로도 탈진했을 테니, 사카모토의 일이 그녀에게도 큰 충격이었던 듯싶다.

곧 그녀와 만날 수 있었다.

웨이브를 넣은 단발과 푸른 눈 여전하다.

"이게 얼마만이야?"

"잘 지냈죠?"

"그럼."

악수를 나누었다.

"사카모토 씨는 만나봤어?"

"네."

"……난 진심으로 그가 치료에 집중하길 바라. 설득해 줄 수 있을까?"

고개를 젓자 노먼이 내 손을 잡았다.

"그에겐 남은 시간이 얼마 없어. 가족들과 함께할 수 있게 해줘야 해."

크리스틴 노먼의 말에 백번 공감하지만 그녀는 죽음을 모른다.

아직 하지 못한 일이 너무도 많이 남았는데, 내 영혼은 아직도 악상으로 가득 차고 가슴은 노래하는데 그것을 차마 꺼내지 못하고 눈을 감아야 하는 원통함.

그 처절한 마음을 알기에, 사카모토가 하고 싶은 대로 따라주고 싶다.

결코 채울 수 없다 할지라도.

"제가 할 수 있는 건 그와 함께하는 것뿐이에요. 노먼."

노먼과 눈을 마주했다.

그녀는 이내 한숨을 쉬며 가방을 꺼냈다. USB 저장장치를 내 손에 쥐여주며 말했다.

"료이치 사카모토는 널 돌려보내려 했어. 여기가 아니더라도 네가 있어야 할 곳은 많으니까. 그를 존중해서 네게도 물었어."

"네."

"내 욕심일지도 몰라. 아니, 맞아. 난, 나라면 얼마 남지 않은 시간을 낭비하고 싶지 않을 것 같아. 그도 너도 같은 생각인 것 같네."

노먼이 건넨 USB 저장장치를 꽉 쥐었다.

"그간 사카모토가 작업한 파일이야. 절대로 그의 음악이 형편없는 영화 때문에 묻히는 일 없도록 할 거야. 모든 사람이 들을 수 있게 편집할게."

숨을 깊게 들이마셨다.

그제야 사고가 조금씩 돌아가기 시작했다.

"당연하죠."

나 역시 사카모토의 정열에 어울리는 음악을 할 것이다.

루트비히 판 베트호펜과 배도빈의 이름을 걸고 반드시.

"네. 죄송합니다. 작업에 집중하고 싶다고 하셔서요."

"네, 안녕하세요. 이사님. 아…… 선생님께서 당분간 면회는 힘드시다고 하셔서요. 네. 네. 연락드리겠습니다."

벌써 12년째 사카모토 료이치의 개인 비서로 활동하고 있는 오구라 유키는 쏟아지는 안부, 면회 요청을 받느라 정신이 없었다.

여러 사람이 며칠째 연락이 안 되던 사카모토 료이치를 걱정하던 와중, 그가 쓰러질 당시 스파팅 세션[1] 장에 있던 이들로부터 투병 사실이 알려지면서 벌어진 일이었다.

각국 음악 협회는 물론, 내로라하는 음악계 거물들, 대중 예술 문화 전반에 걸쳐 전 세계 팬들이 그를 걱정하였다.

수십 년간 여러 사람의 가슴속에 감동을 남겨준 '세계의 사카모토'.

그의 천재적 음악성을 사랑하고.

그보다 뛰어난 인품을 흠모하는 이들이 얼마나 많은지 알 수 있었다.

그러한 여파로 인해 사카모토 료이치가 사실상 회복 불능이라는 보도가 나오자 세계는 깊은 슬픔에 빠졌다.

└아…….

└나 정말 어렸을 적부터 사카모토 료이치 음악 듣고 자랐는데 벌써

---

1) 제작진과 작곡가가 촬영본, 편집본을 보며 의견을 공유하는 회의

가신다니까 진짜 눈물 나온다.

    ┗나도. '비'는 언제 들어도 먹먹한데 기사 보고 들으니 정말 주체가
안 되더라.

    ┗이분 정말 대단하신 게 아베 그 또라이 같은 놈이 정권 잡고 있을
때도 공개적으로 군국주의 비판하던 분이셨음.

    ┗일본 클래식 음악 협회 썩어 빠진 거에 질려서 나카무라 대표랑 같
이 전 일본 클래식 음악 조합 만들기도 하셨지.

    ┗시간 참 야속하지요. 연애하면서 본 철도 직원이 엊그제 같은데.
이렇게 또 큰 별이 지네요. 안타깝습니다.

    ┗아무도 안 만나고 병실에서 작업만 하고 있다더라.

    ┗도빈이랑 같이하고 있대 ㅠㅠ

    ┗제발 유작은 아니었으면 좋겠다.

    ┗ㅋㅋㅋㅋ평소에는 관심도 없으면서 슬픈 척하는 거 역겹네. ^오^

    ┗어그로 좀 눈치 봐가며 끌어. 머리 빈 게 뭐 자랑이라고 그래?

    ┗시발 진짜 저딴 새끼 길 가다 콱 뒈졌으면 좋겠다.

    ┗난 잘 모르지만 사카모토란 분이 얼마나 대단한 분인지는 댓글만
알 것 같다. 모든 사람이 슬퍼하잖아.

    ┗저기 위에 분탕치는 애 안 보임?

    ┗모든 '사람'이.

빌헬름 푸르트벵글러는 동년배 중에서는 유일한 절친 사카

모토 료이치가 걱정되었다.

본인도 작년 위기를 겪었기에 더욱 놀랐거늘.

-네. 죄송합니다.

"……아닐세. 끊지."

돌아온 답변은 거절이었다.

그것이 푸르트뱅글러의 가슴을 더욱 아프게 했다.

평온하고 여유롭던 사카모토 료이치가 다른 이와의 만남을 거부하면서까지 작업에 몰두하는 것은 본인의 죽음을 직감하고 있다는 뜻으로 받아들여졌기 때문이었다.

먼 땅에서 마지막 불꽃을 준비하는 벗을 떠올리며 푸르트뱅글러가 할 수 있는 일은 없었다.

그저 기다릴 뿐.

'……최선을 다해라. 도빈아.'

푸르트뱅글러는 적어도 사카모토 료이치와 함께 작업에 들어간 배도빈이 베를린 필하모닉에 신경 쓰지 않도록, 최선을 다할 수 있도록 마음의 준비를 하였다.

다행스럽게도.

베를린 필하모닉의 전 단원이 같은 생각이었다.

휴가를 누리고 있던 단원들은 사카모토 료이치의 투병 소식과 사무국으로부터 배도빈이 합류했다는 이야기를 전달받고는 자발적으로 연습에 참여했다.

케르바 슈타인이 내정되어 있긴 했지만 시간이 필요했다.

그들은 휴가 뒤 있을 공연을 위해서라도 임시 지휘자 케르바 슈타인을 중심으로 기존의 레퍼토리를 맞춰나갔고.

A팀은 케르바 슈타인의 빈자리를 채우기 위해 나름의 준비를 하고 있었다.

-네. 그러니 여기는 걱정 마세요.

"네. 일이 마무리되면 아무래도 다시 준비해야 할 것 같네요. ……단원들에게는 잘 설명해 주세요."

-모두 이해하고 있어요. 보스의 생각보다 더요.

이자벨 멀핀으로부터 그러한 사실을 전해 들은 배도빈도 우선은 안심할 수 있었다.

강행군 뒤의 휴가를 자진 반납하면서까지 스스로 움직이는 단원들이 고마우면서도.

동시에 믿음직스러웠다.

'푸르트벵글러도 있으니 괜찮을 거야.'

완벽주의 때문에 그 어떠한 일도 남에게 맡기지 않는 배도빈이었지만 40년간 강철과도 같이 베를린 필하모닉을 지켜온 그와 단원들이라면 믿을 수 있었다.

'지금은.'

배도빈이 병실로 다시 들어가 피아노 앞에 앉았다.

무균실에서 나올 수 없는 사카모토 료이치를 위해 마련한 병원의 음악 작업실은 여러 문제로 전자기기를 들일 수 없었고.

두 거장은 아날로그로 모든 작업을 대체하고 있었다.

"껄껄. 이러고 있으니 어렸을 때로 돌아간 것 같군. 어떤가, 도빈 군. 불편하진 않고?"

"알잖아요. 원래부터 이렇게 작업했던 거."

배도빈의 말에 빙그레 웃은 사카모토 료이치가 다시금 악보를 들여다보았다.

"음. 근데 이 느낌표는 뭔지 알려주겠나?"

"4분음표예요."

"……악필은 여전하구만."

"도진이는 팩토리얼이래요."

"하하하하! 쿨럭. 쿨럭. ……도진 군다운 말이로군."

곧 끊어질 듯한 생명줄을 간신히 붙잡고 있으면서도 사카모토 료이치의 얼굴은 밝았다.

영화계 최고의 거장, 크리스틴 노먼 감독의 신작 〈Pole to Win〉은 2020년과 이듬해까지 북미 최고의 베스트셀러였던 동명 소설 『Pole to Win』을 원작으로 두고 있었다.

포뮬러 원 예비선수가 시즌 도중 갑작스레 투입되며 일어나는 이야기가 크리스틴 노먼 특유의 감성으로 재구성되었으며 실제 F1 차량을 지원받고 7개 서킷을 배경으로 했기에 장기간 해외 로케이션 촬영을 해야만 했다.

월드 디자인 그룹과 포뮬러 원 월드 챔피언십™, 페라리, 각 서킷을 보유한 지역단체와 수많은 투자자를 통해 4억 달러라는 천문학적 수준의 자본이 투입된 초대형 블록버스터.

〈Pole to Win〉은 이미 전 세계에 관련 홍보 프로모션을 폭격 중이었다.

크리스틴 노먼의 신작, 배도빈의 영화계 복귀.

그리고 어쩌면 사카모토 료이치의 유작이 될 수도 있다는 이야기와 함께 〈Pole to Win〉에 대한 기대치는 최고조에 도달해 있었다.

└연말까지 어떻게 기다리라고ㅠㅠ

└영상 진짜 미친 수준이네;;

└스토리는 단순한 거 같은데 연출로 압살하는 듯.

└노먼 감독 영화 안 봤냐? 스토리가 단순한 건 장점이지. 그 안에서 생각할 거리를 얼마나 많이 던져주는데.

└재밌겠다.

└난 레이싱 한 번도 본 적 없는데.

└그럼 별들의 전쟁은 뭐 우주여행은 가 봐서 보셨습니까? 지니위즈

는 머글 아니셔서 보셨고요?

　└얘는 왜 이렇게 날이 서 있냐.

　└솔직히 소재 자체는 딱 봐도 홍보성 영화라는 느낌인데 감독이랑 각본, 배도빈이랑 사카모토 때문에 안 볼 수가 없을 듯.

　└난 무조건 4DX로 본다.

　└제작사측에서도 4DX 설비를 감안하며 만들었다고 함. 으으. 곡 작업만 남았다는데 배도빈이랑 사카모토면 진짜 개쩔겠다.

'포퓰러 윈'을 보는 TV 시청자 수는 전 세계 6억 명 정도로 추산되었다.

그들 세계에서도 인정받았던 원작 소설이 거장 중의 거장 크리스틴 노먼에 의해 재탄생되니 포퓰러 윈의 팬들로서는 열광하지 않을 수 없었다.

더욱이 레이스를 즐기지 않던 사람들이라도 수많은 영화를 상업적, 예술적으로 성공시킨 노먼 감독의 신작을 기다리고 있었다.

그것에 더해 배도빈, 사카모토 료이치의 팬들까지 합세하니 작품이 어떻게 나오는지가 중요할 뿐.

〈Pole to Win〉의 화제성은 2023년에 발표되는 그 어떤 문화 콘텐츠보다도 우위에 있었다.

수많은 기대 속에서.

크리스틴 노먼 감독은 사카모토 료이치를 위해 본인과 음향 감독만을 대동, 그의 병실에서 미팅을 가졌다.

노트북 화면에는 질주하는 차량이 비치고 있었다.

"이 부분에서는 속도감을 더해줬으면 해요."

이미 배도빈과 여러 번 함께한 적이 있었기에 크리스틴 노먼은 그가 바라는 방향과 어떤 장면에 음악이 필요하다는 선에서 이야기할 뿐이었다.

배도빈이 잠시 화면을 반복해 보다가 피아노 앞에 앉았다.

그리고 즉흥으로 멜로디를 연주했는데 노먼의 표정이 시원치 않았다.

좋은 느낌이긴 했지만 노먼으로서는 이유를 알 수 없는 아쉬움이 있었다.

"아니야."

그녀가 고개를 젓자 배도빈이 사카모토 료이치를 보았다.

"아무래도 우리 생각이 맞는 듯하군. 도빈 군, 준비해 주게."

배도빈이 일렉트릭기타를 들어 연주하자 비로소 크리스틴 노먼의 얼굴이 밝아졌다.

"좋아요. 정말 좋네요."

"아뇨. 이걸로는 안 돼요."

배도빈이 사카모토에게 시선을 주자 그가 침상 위에서 노트북을 조작했다.

묵직한 음이 울림과 동시에 배도빈이 연주를 반복했고 선

굵은 베이스기타 소리가 마치 엔진 소리와 어울려 그야말로 질주하는 듯한 음악이 되었다.

음향 감독이 입을 벌렸다.

"효과음으로 대체하려 했더니만 그럴 필요 없었군."

"어떻게 된 거야?"

노먼이 크게 기뻐하며 물었다.

"횡적 진행과 박자를 빠르게 가져간다 해서 해결될 문제는 아니었어요. 저도 사카모토도 속도감을 높이는 문제의 답이 속주만은 아닌 걸 알았죠. 그래서 생각한 게 베이스. 비교 대상을 두는 게 더 큰 효과를 줄 테니까요."

"통주저음을 잘 활용하는 도빈 군이라면 날아가는 멜로디를 잘 받쳐줄 거라 믿었지."

노먼과 음향 감독은 역사적인 두 인물의 화목한 대화에 더할 나위 없이 기뻤다.

이런 두 사람이라면 정말 〈Pole to Win〉을 완벽하게 만들어줄 것 같았다.

"하지만 역시 두 주인공의 관계에선 사카모토의 피아노가 필요해요."

"껄껄. 도빈 군이 이미 멋진 바이올린을 준비하지 않았는가. 그대로 가지."

"아니에요. 숨을 몰아쉬는 두 사람이 서로를 마주 보고 눈으로만 대화하는 장면이잖아요. 그 분위기를 살리는 건 사카모토가 만들어 둔 곡이 더 나아요."

"아닐세. 보다 보니 한쪽으로 치우친 방향이지 않았나 싶어. 이야기 전반에 흐르는 감성과도 맞지 않고."

"그런 점은 조금 수정하면 해결될 일이에요. 이렇게."

배도빈이 직접 사카모토가 준비한 곡을 수정해 들려주었다.

"그 부분의 전개는 원본이 더 나은 것 같군. 너무 갑작스럽지 않나."

"그게 더 긴장감을 줄 거예요."

"아니야. 관객들이 자연스럽게 넘어갈 수 있게 정적으로 넘기는 게 맞네."

"아니라니까요. 봐요. 상승하다 떨어지면서 생기는 공백이 더 효과적이잖아요."

훈훈하게 시작되었던 배도빈과 사카모토의 대화가 점점 더 과열되기 시작했다.

노먼이 음향 감독에게 시선을 주어 누구 말이 맞냐고 물었지만 그로서는 판단할 수 없었다.

"맞다니까요!"

"그럴 거면 자네가 준비한 바이올린으로 하게!"

"왜 이렇게 고집을 부려요? 사카모토 피아노가 더 좋다니까!"

"더 좋다고 하면서 고치려는 건 무슨 심본가!"

"그게 더 좋으니까 그러죠!"

두 사람의 논쟁이 정점에 치달았을 때 순간 반박하려던 사카모토 료이치가 크게 기침을 했다.

"쿨럭!"

거친 호흡과 새액 대는 소리가 겹쳐 누가 들어도 심각해 보였다.

깜짝 놀란 음향 감독이 의사를 부르기 위해 인터폰을 들었다.

"사, 사카모토."

배도빈이 깜짝 놀라 천 밖에서 안절부절못했고 사카모토 료이치는 몸을 꿈틀댔다. 그리고는 뭐라 말하려 하는데 차마 그 목소리가 제대로 전달되지 못했다.

"사카모토!"

"쿨럭. 쿨럭. 그. 크허윽. 도빈."

"알았어요. 알았으니 그만해요. 뭐 해요! 빨리 의사 부르지 않고!"

"하악. 하으으읍. 원…… 곡대로."

"그렇게 해요. 알겠으니 그렇게 하자고요. 말하지 말라고!"

"정말인가?"

"……?"

"이거 도빈 군도 같은 생각이라 무척 기쁘네그려."

갑자기 상태가 호전된 사카모토 료이치가 침대에 등을 기댔다.

인터폰을 잡고 있던 음향 감독과 깜짝 놀라 허둥지둥하던 배도빈, 노먼이 멍청하게 사카모토 료이치를 보았다.

"료이치 사카모토?"

"난 괜찮네."

"……."

"최고의 영화 감독마저 속이는 연기력이라면 나도 꽤 괜찮은 배우인 것 같은데. 껄껄껄."

얼이 빠진 배도빈의 입술이 꿈틀댔다.

"웃기지 마!"

UCLA 메디컬 센터에서 벗어난 크리스틴 노먼과 음향 감독은 웨스트우드 대로를 지나고 있었다.

신호를 받아 차를 멈춘 음향 감독이 헛웃음을 지었다.

"정말 대단한 사람인 거 같아요."

그의 말에 크리스틴 노먼도 웃었다.

"그러게. 나도 정말 깜짝 놀랐어. 애도 아니고."

"하핫! 그 연기는 정말 말도 안 되는 일이었죠."

그는 정말 감탄하고 있었다.

"하지만 제가 말하고 싶은 건 두 사람의 일하는 방식이었어요."

크리스틴 노먼이 흥미롭다는 듯 고개를 돌렸다.

"어땠는데?"

"사실 제가 마에스트로 배의 입장이었다면 료이치 사카모토의 의견을 대부분 들어주었을 것 같거든요. 아무래도 정말 이번이 마지막일 수도 있으니까요."

"……그렇지."

"하지만 그는 결코 쉽게 료이치 사카모토의 뜻대로 해주지 않았죠. 연기라는 걸 알게 되었을 때 화내면서 결국 자기 뜻대로 그의 곡을 고쳤고요. 충분히 의견을 나눈 뒤에는 료이치 사카모토도 인정했고."

신호등에 청신호가 들어왔다.

음향 감독이 다시 차를 몰기 시작했다.

"마지막까지 음악을 위해 그렇게 진지할 수 있다는 게 뭐랄까. 존경스럽더군요."

크리스틴 노먼이 다시 고개를 돌려 창밖을 보았다.

아이스크림 가게 로즈와 평소 자주 들리는 지중해식 레스토랑 리완을 지나친 뒤에야 그녀가 입을 뗐다.

"음악보다 중요한 게 없어서 그래."

손바닥을 앞으로 향해 스트레칭을 한 노먼이 말을 이어나갔다.

"그들에겐 정말 음악이 살아가는 이유니까. 나이라든가 성향이라든가 나라가 달라도 자유롭게 토론할 수 있는 거야. 죽음조차도."

"말은 쉽지만 저는 그렇게 못 살 것 같아요."

"맞아. 쉬운 일이 아니지. 그래서 마에스트로라고 불리나 봐."

노먼이 음향 감독을 보며 말했다.

"그런 사람들과 함께하는 거야. 우리도 최선을 다해야지."

"네."

늦은 밤.

사카모토 료이치는 문득 잠에서 깼다.

바스러질 것 같은 몸을 간신히 일으켜 물을 찾으려는데 피아노 앞에서 머리를 싸매고 있는 배도빈의 뒷모습을 볼 수 있었다.

벌써 며칠째 집에 돌아가지도 않고 보조 침대에서 생활했던 탓일까.

이내 그 피로에 눌려 고개를 꾸벅이기 시작했다.

사카모토 료이치는 모포를 들고 간신히 일어났다.

배도빈에게 덮어주고 싶었지만, 이내 둘 사이를 막고 있는 투명한 천에 저지당하고 말았다.

지퍼를 내리기만 해도 넘어갈 수 있건만.

사카모토 료이치는 한참을 서 있다가 입을 열었다.

"도빈 군."

배도빈은 반응하지 않았다.

몇 번을 더 부른 뒤에야 움찔하고 정신을 차렸다.

"……사카모토?"

"오늘은 돌아가 쉬게. 내일 오후에 다시 오면 되지 않나."

간절했다.

마지막 작업을 배도빈과 함께할 수 있어 너무나 기뻤지만, 분노와 슬픔조차 잊을 수 있었지만 그렇다고 그가 건강을 해치길 바라진 않았다.

고집은 그만 부리고 돌아가 편히 쉬었으면 하는 마음이었다.

그러나 어쩜 저렇게 똑같은지.

빌헬름 푸르트벵글러보다도 고집스러운 배도빈은 들은 척도 하지 않고 보조 침대에 누웠다.

"아침에 봐요."

이내 배도빈의 숨소리가 고르게 이뤄졌다.

눕자마자 다시 잠든 것만으로도 배도빈이 얼마나 피곤한지 알 수 있어, 사카모토 료이치는 잠을 이룰 수 없었다.

안쪽 커튼을 치고.

침대에 앉아 컴퓨터를 켠 사카모토는 배도빈이 오케스트라 대전에서 우승 트로피를 들어 올렸을 때를 상상하며 '포디움'의 악보를 채워나가기 시작했다.

다소 발랄한 분위기로 시작하는 '포디움'은 10분 정도의 짧은 곡이었다.

복잡하지 않고 정갈하게 놓인 음계가 전해주는 축하의 메시지.

오케스트라 대전 파이널라운드에서 들려준 베를린 필하모닉 B의 '교향적 무곡'을 모티프로 잡은 이유는 그가 배도빈에게 주는 마지막 선물이기 때문.

춤추는 듯 활기찬 분위기 속에서 우승의 기쁨을 표출할 방법을 고민하던 사카모토는 고통마저 잊은 채.

아침을 맞이하고 있었다.

도빈 군과 작업을 시작한 지 3주째.

거울 앞에 낯선 노인이 추레한 모습으로 서 있다.

이제 빌헬름을 머리가 없다고 놀릴 수 없을 듯하다.

예상은 했지만 조금이라도 삶을 이어나가기 위한 치료는 꽤 버거웠다.

늙은 육체는 면역력을 유지하는 것조차 힘들어하여 자꾸만 속을 게우고 이제 악기를 연주하는 것마저 힘에 부쳐 한스럽기만 하다.

'원망하겠지.'

아내와 자식들은 마지막에 이르러서도 고집스러운 날 이해하지 못할 것이다.

알면서도 원망하고 있을 테지.

그러나 이렇게밖에 살 수 없다.

'아직 해야 할 일이 산처럼 쌓여 있거늘.'

즐거운 음악을 하기 위해.

슬픈 이를 위로해 주고 기쁨을 더하는 음악을 하면서 즐거웠던 나를 위했던 지난 세월.

매 순간 최선을 다했다고 생각하지만 삶은 턱없이 짧다.

그래도.

이 곡만큼은 완성할 수 있어 참으로 다행이다.

"도빈 군."

희망을 보여주었던, 새 시대를 연 벗이 고개를 돌렸다.

이것은 그를 위한 곡이다.

"악보를 보냈네. 직접 듣고 싶은데, 들려주겠나?"

"그럼요."

도빈 군이 메일을 열어 악보를 다운받았다. 그것을 살피는 벗의 얼굴이 조금씩 밝아진다.

"바로 해볼게요."

"부탁함세."

병실에 놓인 한 대의 피아노.

그 앞에 앉은 도빈 군은 숨을 고른 뒤 악보 대신 태블릿을 올려두고 연주를 시작했다.

겹화음이 영광의 결승전을 뚫는다.

속도를 줄이며 운전석에서 일어난 레이서 뒤로 꽃잎이 흩날리고 관객들은 열광한다.

'과연.'

도빈 군의 피아노는 훌륭하다.

음과 음을 표현하는 데 있어 그보다 훌륭한 피아니스트는 없었다.

깊이 있게, 가볍게, 끊어내고 이어나가는 그 미묘한 힘 조절이 불규칙적으로 반복되어.

정말 여러 이미지가 함축되어 있다.

중간중간 악보를 공유하긴 했지만 처음 연주함에도 이렇게나 훌륭히 연주할 수 있다니.

감탄하고 있자니 벌써 곡이 끝나고 말았다.

"대단해요, 사카모토."

"껄껄. 그 말은 내가 하고 싶네."

"이거라면 분명 관객들도 좋아할 거예요. 병원에선 언제 외출할 수 있대요? 노먼한테 녹음 일정 잡으라고 할게요."

평소에는 그리 무뚝뚝하건만.

아이처럼 좋아하는 도빈 군을 보며 말했다.

"그 곡은 도빈 군이 연주해 주게."

"……안 돼요. 사카모토가 아니면 누가 연주하라는 거예요."

"알지 않나. 이제 그럴 수 없다는 걸."

나도 도빈 군도 이제 받아들여야 할 때가 온 것이리라.

할 수 있는 데까지 최선을 다할 뿐, 이런 상태로 외출해 녹음을 진행할 순 없다.

연주는 더더욱.

도빈 군은 대답하지 않고 다시 책상 앞에 앉았다.

주인공의 테마를 만들고 있는데 어떤 결과를 들려줄지.

그때까지 버틸 수 있을지 모르겠다.

도빈 군의 깃펜이 잠시 멈추었다.

"제대로 연습해서 연주할게요. 그때까지 치료 잘 받아야 해요. 지금 만드는 곡도 반드시 들려줄 테니까."

"여부가 있겠는가."

♪

다시 2주가 흘렀다.

검사 결과를 기다리던 중 담당의가 반가운 소식을 전해주었다.

"백혈구 수치가 안정화되었습니다. 잠시 외출은 가능하십니다만 무리는 금물입니다."

"허허. 이제 항암제는 안 맞아도 되는 것이오?"

주사를 맞을 때마다 구토를 해대 더는 못 버틸 것 같다.

"느끼시는 대로 몸에 부담이 많이 가 있습니다. 체력을 회복하실 때까지만 잠시 중단하는 거니 식사는 꼭 하셔야 합니다."

"이런. 치료를 받기 위한 휴식이라니. 끔찍하구려."

"……이겨내셔야 합니다."

이겨낸다라.

그 끝을 알기에 이긴다는 말이 너무도 멀게 느껴졌다.

"그럼."

의사가 나가고 나서 한숨을 길게 내쉬었다.

유키의 말에 따르면 치료 기간 중 호전을 보이기도, 악화가 되기도 한단다.

그러나 결국 이식을 받지 못하면 무의미한 일임을 알기에 그나마 정신이 또렷한 지금을 활용하는 게 우선이다.

"사카모토!"

"오오."

때마침 도빈 군이 병실로 들어섰다.

이제는 소독하고 환복하는 일이 익숙해져 금방 처리하는 듯하다.

어제와 달리 힘차 보여 다행이다.

"오늘은 기분이 좋은 모양이로군."

"뭐래요?"

"당분간은 치료를 중단하기로 했네. 어쩌면 외출도 가능하겠지."

"무리하면 안 돼요."

"껄껄. 그러겠네."

도빈 군이 자리에 앉았다.

"메일 확인해 봐요. 반쯤 만들었는데 괜찮게 나올 거 같아요."

"그거 반가운 소식이구만. 오늘은 좋은 일만 생기는군."

도빈 군이 보낸 메일을 열었다.

"바이올린 소나타로군."

살펴볼수록 듣고 싶어진다.

도빈 군의 악보를 볼 때마다 느끼는 거지만 대체 이 안에서 어떤 힘이 작용하기에 사람을 이렇게 몰입시키는 건지 알 수 없다.

"이거 정말 들어야만 하겠어."

"캐논이 오고 있어요. 녹음실도 소독 중이고. 제대로 들려줄게요."

"하하. 오늘 저녁은 꼭 다 먹어야겠네."

"피아노는 꼭 사카모토가 맡아야 해요."

"으음. 어쩔지."

마음만은 이미 함께하고 있다만.

가능할지 알 수 없다.

"가우왕 군은 어떤가. 지훈 군도 좋겠군."

도빈 군이 고개를 저었다.

저 간절한 눈이 곧 울 것처럼 일렁거린다.

지킬 수 없다는 걸 알면서도 소망을 담아 입을 열었다.

"꼭 나아지겠네."

활짝 연 문을 넘어서.

새로운 세계를 보여준, 들려준 도빈 군이 어떤 모험을 할지 함께하고 싶은 마음을 담아.

그러고 싶다고.

진실로 그리 생각했다.

사카모토의 상태가 또다시 안 좋아졌다.

어제 오후만 해도 외출이 가능할 거라고 들었는데 오늘 아침 면회조차 할 수 없는 상태에 이르렀다.

"죄송합니다. 오늘 면회는 어렵습니다."

"무슨 일 생겼어요? 사카모토는요."

"오늘 아침부터 상태가 안 좋아지셔서 집중 치료실에 들어가 계세요. 돌아오시면 연락드리겠습니다."

간호사의 말에 발길을 돌릴 수밖에 없었다.

빌어먹을.

조금이라도 빨리 만들었다면 사카모토에게 들려줄 수 있었을 텐데.

그러나 후회만 하고 있을 시간이 없다.

돌아와 악보를 펼쳤다.

펜을 들었지만 자꾸만 여윈 사카모토의 얼굴이 떠올라 목이 멨다.

'사카모토.'

그는 다시 태어난 내게 처음으로 이 시대를 보여주었다.

어머니께서 모으신 클래식 음반으로 감탄하고 있던 유년 시절.

나는 슈베르트, 슈만, 브람스, 드뷔시, 멘델스존, 차이코프스키, 드보르자크, 라흐마니노프와 같은 후대 음악가들이 펼친 꿈같은 음악에 취해 있을 뿐이었다.

그러나 사카모토의 음악은 도약이었다.

지금은 낭만파로 분류되고 있는 이들의 음악은 이해할 수 있었던 데 반해.

사카모토가 들려준 그 충격적인 음악들은 새로운 세계를 보여주었다.

그때의 기쁨은 이루 다 말할 수 없으리라.

그때까지 아무도 명확히 말하지 못했던 내 음악을 깊이 이해한 그는 매번 새로운 소리를 들려주었고.

그것을 반복해 들으며 매달리다시피 또 다른 음악을 요구했다.

내 호기심을 욕구를 채워줄 수 있었던 건 그뿐이었다.

그가 열어준 세상.

'다행이군. 내가 자네에게 가르쳐 줄 것은 없지만, 자네의 음악이 필요한 곳을 알려줄 순 있을 것 같네.'

그는 그곳에 내가 필요하다고 했다.

180년이란 시간을 넘어선 나 루트비히를, 아니, 막 3살에 지나지 않았던 나를 알아준 첫 번째 사람.

나는 그가 인도한 길에 들어선 순간을 잊을 수 없다.

결코.

잊을 수 없다.

이 곡.

사카모토와 함께 연주하기 위해 만든 바이올린 소나타 'Honor'는 그에 대한 경의를 담았다.

역사에 길이 남을 위대한 사카모토 료이치를 위해.

그의 행복을 바라며.

다시금 펜을 움직였다.

고비를 맞았던 사카모토 료이치는 3일 차에 무균실로 돌아올 수 있었다.

그리고 지금.

의료진은 믿을 수 없었다.

겨우 정신을 차린 노인이라고는 상상할 수 없을 정도로 사카모토 료이치는 정열을 불태웠다.

마치 꺼지기 직전의 불꽃처럼.

눈에 핏발이 선 채 곡 작업하는 사카모토 료이치를 차마 말릴 수 없었다.

"401호 환자분 안타까워서 어쩌지."

"그러니까. 조금 쉬면서 하셨으면 좋겠는데."

"안 들으셔. 다시 쓰러지면 못 일어날 것 같다고 하시더라고."

"매일 오는 애도 많이 지쳐 보이더라."

"배도빈?"

"어. 저번에 보니까 병실에서 뛰쳐나왔는데 복도에 피가 떨어져 있더라고. 놀라서 가보니 코피 흘리더라."

"어머."

"사카모토 씨한테 안 좋을까 봐 급하게 나왔던 모양이야. 빨리 소독하라는데 그 모습이 정말. 뭐랄까…… 그간 필사적이라는 말을 너무 쉽게 썼구나 싶었어."

"잘 마무리했으면 좋겠다. 외출 오늘이지?"

"어. 아침에 나가셨어."

"별일 없어야 할 텐데."

간호사 중 한 명이 환자기록부를 살피며 중얼거렸다.

료이치 사카모토가 오전 1시간 외출한다는 기록이 적혀 있었다.

의료진의 도움을 받아 소독한 녹음실에는 배도빈과 사카모토 그리고 만약을 대비한 최소한의 인원만이 남아 있었다.

시간이 많지 않았기에 배도빈은 분주하게 움직였다.

모든 준비를 마치고.

피아노 앞에 힘겹게 앉아 있는 사카모토를 불렀다.

"시작할게요."

"잠시 기다려주게."

사카모토는 눈을 감고 수그린 채 숨을 골랐다.

'마지막 기회야.'

반복된 항암 치료로 육신에는 이미 남은 힘이 없었기에 그에게 남은 것은 정신뿐이었다.

순수한 바람.

음악을 향한 고결하고 위대한 정신만이 그의 몸을 지탱했다.

"되었네."

두 사람이 시선을 교환하고.

사카모토 료이치가 건반 위에 손을 얹었다.

지난 며칠 밤을 머릿속으로만 연주했던 배도빈의 'Honor'가 시작되었다.

관객은 단둘.

'세계의 사카모토'로 불리는 음악가의 마지막 연주회였다.

위대한 정신이 붙든 연약한 육체는 곧 아름답게 노래했다.

여섯 개의 건반이 천사의 날개처럼 날아올랐다.

사카모토가 오른손을 멀리 뻗어 천상으로부터 내려오는 빛처럼 주제를 확장하자.

목자에게 빛이 닿았다.

배도빈의 캐논은 평소 그 비범한 음량 대신 억눌린 채 아름답게 노래했다.

'누구신가요?'

피아노가 들려주는 성스러운 빛 앞에 두려워하는 목자.

천사들이 그를 위로한다.

'두려워 말라.'

황금색 빛 아래 내려온 천사는 여섯 장의 날개를 접어 목자를 일으킨다.

'어째서 고개를 들었느냐.'

배도빈이 손을 떤다.

섬세한 비브라토가 목자를 대신한다.

'저는 그저 해를 보고 싶었을 뿐이에요.'

'그 욕심은 네 눈을 멀게 할 뿐이다.'

'하지만 너무나 아름다운걸요.'

'저 위에 계신 분께서는 네가 고통받길 바라지 않으신다.'

조심스러운 바이올린과 자애로운 피아노가 대화를 나누듯

두 사람의 연주는 풍부한 색채감으로 묘사되었다.

안전을 위해 녹음실에 남았던 두 사람은 입을 닫을 수 없었다.

그때.

피아노의 선율이 바뀌었다.

'그렇다면 올라오라.'

목자의 순수함에 감동한 빛이 그에게 닿았다.

그 순간.

억눌린 채 떨던 캐논이 제 목소리를 내었다.

환희.

높이 솟은 목자는 천사의 안내를 받으며 산 위로, 구름 위로 올랐다.

티끌 하나 없는 그 기쁨에.

배도빈의 캐논은 한껏 신을 냈다.

그러나.

'너무 높아요.'

아래를 본 순간, 지금껏 자신이 살았던 세계와 멀어진 것이 와닿았다.

목자의 가슴에 두려움이 엄습했다.

'두려워 말라.'

피아노가 고음역대로 치솟은 바이올린을 받쳐주며 곡에 안정감을 더했다.

'저 위에 계신 분께서 너를 보고 싶어 하신다.'

천사의 등에 올라탄 목자는 그 보드라운 날개에 취했고.

마침내 태양에 도달했을 때.

바이올린과 피아노가 한목소리로 연주되었다.

'오오.'

그 찬란함에.

지금껏 경험해 보지 못했던 그 완벽한 하모니에 음악가 사카모토 료이치의 몸이 반응했다.

전신의 세포가 꿈틀거리듯.

저곳을 향해.

이 순간을 위해 살아왔다고 외치는 듯했다.

사카모토 료이치의 힘찬 피아노에.

배도빈은 애써 눈물을 참으며 현을 그었다. 더욱 밝고 더욱 더 높은 저 너머로 음을 쏘아 보냈다.

'아아.'

그것이 절정에 도달한 순간.

두 음악가는 직감했다.

이것이 그들이 바라던 형태의 음악이었다고.

기쁨과 슬픔을 동시에 느끼며.

마지막 음을 표했다.

· 70악장 ·
희망을 주고 간 사람

"히야아."

배도진은 베를린의 자택에서 눈을 빛내고 있었다.

어머니 유진희에게 갖은 애교를 다해 애완 거북이를 키우기로 했는데, 녀석이 돌 위에 올라 목을 쭉 내밀고 있는 모습이 귀여워 며칠째 영혼을 빼앗기고 있었다.

밥을 너무 많이 주면 안 된다고 주의를 받았지만 뻐끔대며 먹는 모습이 신기하고 기특해 배도진은 사료를 집어 어항에 넣었다.

그러나 일광욕을 즐기는 거북이의 흥미를 끌지는 못했다.

"왜 안 먹어?"

그렇게 한동안 거북이를 관찰하던 배도진이 한숨을 내쉬었다.

"형아 보고 싶다."

벌써 2달 가까이 보지 못했던 터라 어린 배도진은 그리움을 달랠 수 없었다.

"이름 같이 짓고 싶은데. 너도 빨리 이름 갖고 싶지?"

배도진의 질문에 거북이는 늘어지게 입을 벌릴 뿐이었다.

그때 최지훈이 다가왔다.

"놀아주고 있었어?"

"배 안 고픈가 봐. 안 먹어."

배도진은 입을 내민 채 거북이를 보고 있을 뿐이었다.

최지훈이 안타깝게 미소 지었다.

형이라면 자다가도 일어나는 도진이가 얼마나 쓸쓸해하는지 잘 알고 있기 때문에, 최지훈은 배도진의 머리를 쓰다듬으며 위로했다.

"도빈이 금방 올 거야."

"정말?"

"응. 저번에 마지막 녹음 한다고 했거든."

최지훈의 말에 밝아졌던 배도진의 얼굴이 금세 슬퍼졌다.

"그치만 사카모토 할아버지 아프잖아."

"……."

"형 많이 슬퍼했어. 엄마가 사카모토 할아버지랑 같이 있을 수 있게 해줘야 한다고……."

그 생각이 기특해 최지훈이 배도진을 안아주었다.

"나도 형 보고 싶은데…… 미국 가면 안 돼?"

남은 한시도 놓칠 수 없었기에 배도빈은 사카모토 료이치와 함께 병실 생활을 하고 있었고.

음악 작업 외의 일은 완전히 접어둔 채 타인과의 연락조차 최소한으로 하였다.

그런 태도만으로도 배도빈의 절박함을 알 수 있어 최지훈은 어린 동생을 달랬다.

"형 많이 바쁘대. 착하게 기다리고 있자. 일 끝나면 꼭 바로 돌아올 거니까."

"정말?"

"그럼. 도진이 보고 싶어서라도 달려올 거야. 그때는 도진이 가 형 많이 위로해 주자."

"응."

녹음은 단 한 시간뿐이었지만.

혼신을 다한 두 사람의 이마에는 땀이 송골송골 맺혀 있었다.

지금껏 반복해 부정해 왔지만 이번 연주가 마지막이라는 것을 알고 있었기에 두 음악가는 모든 것을 쏟아냈다.

리허설 따위 할 수 있을 리 없었기에 며칠 전부터 'Honor'를 연주하는 이미지를 반복해 떠올렸고.

응집된 그 마음이 단 한 번의 연주로 분출된 것이었다.

그것은 지난 수십 년간 음악을 해왔던 배도빈과 사카모토 료이치도 겪어보지 못했던 경험이었다.

가슴에서 시작된 감정이 손끝을 통해 악기로 전달되고 켜고 때리는 행위로 현을 경유해 파장을 일으켰다.

서로의 영혼이 공명하듯.

온몸의 세포가 그에 반응해 다음 연주를 이어나가는 행위는 마치 두 사람의 정신이 맞닿은 듯한 착각을 일으켰다.

단어로는 표현할 길이 없는 그 애틋한 감정을 음계로는 모두 이해할 수 있었기에.

연주를 마친 두 사람은 만족스럽게 웃었다.

"멋진 연주였네."

사카모토 료이치가 힘겹게 일어나려 했다. 손을 헛디뎌 넘어지려는 그를 배도빈이 다급히 막아서 부축했다.

"쿨럭. ……고맙네. 생전 이런 경험은 처음이야."

"저도 그래요."

대기하고 있던 의료진이 다가와 배도빈을 대신해 사카모토를 잡아주려 했다.

그는 숨을 가쁘게 내쉬면서도 의료진의 손을 사양했다. 대신 힘겹게 팔을 뻗어 배도빈을 끌어안았다.

배도빈이 손을 움찔했다.

"고맙네."

너무도 작은 그 목소리에 배도빈이 팔을 천천히 들었다. 조심스럽게 떨리는 그의 팔이 사카모토를 안았다.

너무도 쇠약했다.

사카모토의 몸은 당장에라도 부러질 것처럼 앙상해 배도빈은 차마 마음껏 그를 안을 수 없었다.

"사카모토……."

"나는."

어린 벗에게 기댄 채.

위대한 음악가가 읊조렸다.

"행복하네. 자네를 만난 것이 내 생에 가장 큰 기쁨이었어. 더 이상 앞으로 나갈 수 없을 거라 생각했던 늙은이의 미래가 열리지 않았나."

배도빈은 사카모토 료이치의 몸무게에 충격받았다.

사람의 몸이라고는 생각지 못할 정도로 비현실적으로 가벼웠다.

분명 그러할진대. 무너져 내릴 것만 같은 마음으로 받아내기엔 너무도 무거웠다.

"……이제 돌아가게. 자네를 기다리고 있는 사람이 많지 않은가."

사카모토는 이제 거의 배도빈에게 기대어 의지하고 있었다.

배도빈은 안간힘을 다해 사카모토를 지탱했다.

"사카모토."

벗을 부르는 그의 목소리는 축축이 젖어 있었다.

간절했다.

"약속하게. 오늘이 지나면 반드시 돌아가겠다고."

배도빈이 있는 힘껏 고개를 저었다. 무너져 내리는 친구와 함께하고 싶었다.

사카모토가 간신히 붙잡고 있던 깍지를 풀어 배도빈과 얼굴을 마주했다.

"자네가 있어야 할 곳은 여기가 아니야."

"안 돼……."

애써 부정하는 어린 벗을 보며 사카모토가 빙그레 웃었다.

"고집하곤."

"병원. 병원으로 가요. 빨리."

배도빈은 잔뜩 상기된 사카모토의 얼굴과 뜨거운 체온을 느끼며 다급히 말했다.

그러나 사카모토 료이치는 대답하지 않고 슬며시 고개를 떨어뜨렸다.

그와 함께 배도빈의 어깨를 잡고 있던 그의 손이 스르륵 떨어졌다.

"······앉고 싶군."

배도빈의 도움을 받아 비틀대며 걸어간 사카모토 료이치는 의자에 앉았다.

눈을 감았다.

어둠 속에서 희미하게 빛을 느끼며 두 사람이 함께 작업했던 첫 번째 곡을 회상했다.

지난날을 추억했다.

"여기서 이별하세."

"이별이라니! 그런 말 하지 마요."

"······자네가 보내주었던 샘플이 떠오르는군. 우리가 함께 했던 첫 곡이었지. ······어땠더라."

"옛날 이야긴 언제든지 들어줄 테니까 돌아가요."

사카모토는 힘없이 웃었다.

몸에 심상치 않은 증상이 일고 있었기에 그 뒤는 없을 거라 확신하고 있었다.

"······다시 한번 듣고 싶네."

배도빈은 차마.

열이 나 땀을 뻘뻘 흘리면서도 올곧게 앉아 있는 사카모토의 부탁을 거절할 수 없었다.

정말.

정말 마지막일지도 모른다는 생각에 슬픔을 삼키며 피아노 앞에 앉아 다시 태어난 뒤 처음으로 만들었던 교향곡.

사카모토 료이치와 함께 작업했던 첫 번째 곡을 연주하기 시작했다.

Die meiste Hoffnung.

가장 큰 희망.

즉흥 연주였지만.

원곡과 달리 피아노로 편곡된 연주였지만 그 때문에 사카모토는 당시를 더욱 생생히 떠올릴 수 있었다.

곡을 만드는 과정에서는 이렇게 피아노로 연주했기에 나카무라를 통해 전달받았던 배도빈의 샘플 연주가 겹치는 듯했다.

건반을 누를 때마다 떨어지는 눈물.

배도빈은 피아노에 집중하지 못하고 자꾸만 고개를 돌렸다.

사카모토는 자세를 조금도 흐트리지 않고 웃는 듯 묘하게 입가를 올린 채 있었다.

그러다 조용히 어깨를 기댔고.

마침내 고개를 숙였다.

"사카모토!"

외출을 나갔던 사카모토 료이치가 앰뷸런스에 실려 돌아오자 UCLA 메디컬 센터가 발칵 뒤집혔다.

"사카모토!"

"체온!"

"105.8°F입니다."

"사카모토!"

"진정하세요!"

의료진이 사카모토를 붙잡고 놓지 않는 배도빈을 떼어냈고 치료실로 들어갔다.

방금까지의 소란이 거짓이라도 되는 듯 고요한 복도.

홀로 남은 배도빈은 무릎 꿇고 바닥을 내려쳤다.

"끄으으으으윽."

웅그린 채 눈물을 쏟아내는 것 이외에는 아무것도 할 수 없는 자신을 저주했다.

제발.

신이 있다면 단 한 번만이라도 기적을 일으켜 달라고.

청력을 잃은 뒤로는 그에 대한 모든 것을 부정했던 배도빈은 어렸을 적 신실했던 마음으로 돌아가 간절히 기도했다.

"끄으읍. 사카모토오오."

잠시 뒤.

다급히 응급센터에 들어선 사카모토 료이치의 아내 미야코는 아들에게 안긴 채 실신했고.

뒤늦게 온 크리스틴 노먼은 넋 나간 채 주저앉아 있는 배도빈 곁으로 향했다.

'돌아가자.'

'그러다 네 몸도 상하겠어.'

하고 싶은 말이 있었지만 사카모토 료이치가 배도빈에게 어떤 존재였는지 알았기에 노먼은 차마 소리 내어 말할 수 없었다.

그저 함께 슬퍼하며.

해가 지고 다시 떠오를 때까지 자리를 지켜줄 뿐이었다.

꼬박 16시간이 흐르고.

마침내 의료진이 모습을 보였다.

사카모토 료이치의 가족들이 의사에게 달려들어 매달렸다.

"선생님, 그이는요? 네?"

"아버지는. 아버지는 괜찮으신 거죠? 예?"

배도빈은 한껏 지친 의사의 얼굴을 차마 볼 수 없었다.

그가 무슨 말을 꺼낼지 두려워 귀를 막고 싶은 심정이었다.

다가올 절망을 그저 피하고 싶을 뿐이었다.

"……뭐라 설명해야 할지."

그의 바람과 달리 의사는 난감하다는 듯 말을 꺼냈다.

간신히 멎었던 눈물이 다시금 차올랐다.

마음을 나누었던.

서로를 누구보다도 깊이 이해했던 벗의 죽음을 들을 수 없었다.

"아무튼 축하드립니다. 결과가 나와 봐야 알겠지만 지금으로서는 무척 안정적입니다."

"……네?"

"편히 주무시고 계십니다."

기쁨과 놀람으로 오열하기 시작한 사카모토의 가족들 뒤에서 배도빈이 눈물을 닦았다.

"들었니? 어?"

배도빈은 기뻐하는 크리스틴 노먼의 얼굴을 본 뒤에야 기뻐할 수 있었다.

"껄껄껄!"

이틀 뒤.

몰라보게 혈색이 좋아진 사카모토 료이치는 일반 병실로 자리를 옮겨 호탕하게 웃었다.

배도빈은 너무나 의심스러운 나머지 사카모토의 얼굴을 쥐고 주물렀다가 폈다가 하면서 정말 괜찮은 건지 확인했다.

그러나 정말 기운을 차린 듯해 다행이면서도 의아할 수밖에 없었다.

고개를 돌려 담당의에게 설명을 요구하자 그가 난감하다는 듯 입을 쌜쭉거렸다.

"믿을 수 없으시겠지만…… 백혈구 수치가 정상화되고 있습니다. 자연치유라고밖에."

"그게 가능한 거예요?"

"사례가 없진 않습니다만 노인에게선 거의 나타나지 않는 현상이죠. 제 경력을 걸고 말씀드리지만 정말 기적입니다."

"껄껄. 참 운도 좋네. 혹시 모르지. 도빈 군의 연주가 기적을 일으켰을지도."

"……헛소리하는 거 보니 진짜 나은 거 같은데."

의사의 말을 듣고도 마음을 놓지 못한 배도빈이 사카모토의 팔과 다리를 주무르며 말했다.

얼마나 놀랐으면 그랬을까.

그 모습을 지켜보던 사카모토가 입을 뗐다.

"그간 무리해서 그런지 편히 쉬고 싶구만."

"아, 그래요."

배도빈이 사카모토에게 이불을 덮어주었다.

"당분간은 가족들하고만 지내야겠어. 얼마나 원망을 샀는지 몰라. 잠도 푹 자야겠고."

사카모토의 말이 무슨 뜻인지 알았기에 배도빈이 고개를 끄덕였다.

자신이 있던 자리로 돌아가겠다는 말에는 배도빈도 그래야 한다는 뜻이 포함되어 있었다.

오케스트라 대전 이후 7주간.

여러 방면에서 개혁 중인 베를린 필하모닉을 더 이상 비워둘 순 없었다.

"정말 괜찮은 거죠?"

"암."

배도빈이 의사에게 시선을 주어 대답을 촉구하니 그도 고개를 끄덕였다.

"그럼 오늘만 같이 있어요."

오후의 햇살이 이리도 귀중했는지 참으로 모를 일이다.

꼼짝없이 죽을 줄 알았거늘 내게도 기적이란 게 찾아오다니.

보이는 것, 들리는 것.

냄새를 맡고 만질 수 있는 사소한 감각들이 이렇게나 달리 느껴질 수 있음에 놀랄 뿐이다.

도빈 군과의 녹음은 실로 진귀한 경험이었다.

온몸이 반응하는 듯한 감각은 그 어떤 때보다 집중하게 해주었고 녹음된 것을 들어봐도 진정 내 연주가 맞는지 의심되었다.

도빈 군도 나도 그런 연주는 다시 하기 힘들 것이다.

'잘 돌아가고 있으려나.'

한국에 들려 유장혁 회장을 보고 돌아간다 했으니 지금쯤 아직 한국에 있을지도 모른다.

'한가하군.'

이렇게 편히 지낸 것이 또 얼마 만인지.

오랜만이라 잊고 있었거늘 휴가란 참으로 좋은 것이다.

빌헬름 그 친구가 실각당하고 그렇게 분한 와중에도 하와이에서 잘 지냈던 것도 이해가 된다.

그러나 완치 판정을 받아 내일이면 이 한가한 생활도 끝.

참으로 뜻밖에 얻은 새 삶이나 마찬가지니 가족을 더 사랑하고 음악에 더 진중해야지.

'오늘까지는 쉬고.'

리모컨을 들어 TV 채널을 돌리는 와중 딱히 볼만한 것이 없어 뉴스 채널에 두었다.

-WH전자가 핵융합 기술의 진보를 이뤘다는 소식입니다.

TV에서는 이런저런 이야기가 나오고 있었지만 사카모토 료이치의 관심을 끌지는 못했다.

조금씩 찾아오는 졸음을 거부하지 않고 그가 잠시 눈을 감은 사이.

아나운서의 다급한 목소리가 그를 깨웠다.

-속보입니다. 2시간 전, 음악가 배도빈 씨의 개인 비행기가

추락했다는 소식입니다. 추락 예상 지점을 중심으로 초국가적 수색, 구출 작전이 세워졌으나 기상 악화로 인해 구조에 난항을 겪고 있다고 합니다.

평범한 밤이었다.

유진희는 둘째를 재우고 느긋하게 카레를 끓이고 있었다.

전화로 괜찮다고는 했지만 끼니도 제대로 챙기지 않고 작업에 몰두했을 것이 뻔해, 오랜만에 솜씨를 발휘하기로 했다.

'하루 묵힌 걸 더 좋아하니까.'

그녀는 큼지막하게 썰어 넣은 당근과 감자가 푹 익을 때까지 냄비를 저으며 이틀 전 아들과의 통화를 떠올렸다.

사카모토 료이치의 병이 호전을 보였다는 소식을 전하던 첫째의 목소리는 무척이나 밝았다.

유진희는 그제야 애타던 가슴을 쓸어내릴 수 있었다.

'다행이야.'

어렸을 적부터 교류했던 만큼 배도빈과 사카모토 료이치는 서로에게 각별했고 그랬던 만큼 유진희도 못내 마음이 쓰였다.

그런 생각을 하곤 맛을 보니 제법 괜찮았다.

불을 끄고 차를 챙겨 1층 거실로 나온 유진희는 느긋하게 소파에 몸을 기댔다. 그러고는 TV를 틀었는데 때마침 전화벨이 울렸다.

'이 시간에 누구지?'

의아해하며 핸드폰을 확인한 유진희는 곧장 전화를 받았다.

"네, 아버지."

-도빈이한테 연락 없었느냐!

유장혁의 다급한 목소리에 유진희가 놀라 물었다.

"아버지 보러 한국 들렀다 온다고 했죠."

순간.

심상치 않은 분위기를 읽은 유진희의 안색이 창백해졌다.

"도빈이한테 무슨 일 있어요?"

-오오…….

유장혁의 탄식은 강철 같던 평소와 같지 못했다.

유진희의 목소리가 다급해졌다.

"무슨 일인데요? 네? 도빈이 지금 어딨어요?"

불안한 마음에 아버지를 다그치던 유진희는 TV 화면에 떠오른 자막을 보고선 말을 잃었다.

[네팔, "히말라야 산맥 근처서 비행기 추락."]

-속보입니다. 2시간 전, 네팔 항공국에서 베를린 필하모닉의 상임 지휘자 배도빈 씨가 타고 있던 비행기가 히말라야 산맥 부근에서 추락했

다는 소식을 전했습니다.

전환된 화면에서는 아나운서가 상황을 보도했다.

머리가 새하얗게 되어.

전화기를 들고 있을 생각마저 못 하게 된 유진희는 힘없이 핸드폰을 떨어뜨렸다.

"여보, 피곤할 텐데 그만 자고……. 여보?"

안방에서 나온 배영준이 그 모습을 보았고.

단 한 번도 보지 못했던 그 모습에 아내에게 달려갔다.

"왜 그래? 어?"

넋이 나간 유진희는 남편을 보자 입을 열었다.

그러나 무엇부터 말해야 좋을지.

어떻게 해야 좋을지 알 수 없어 말문이 막힌 채 입만 움직일 뿐이었다.

"아아. 아아아아악!"

배영준은 오열하는 아내를 끌어안았다. 온몸을 비틀며 절규하는 유진희에게서 평소 사려 깊고 차분했던 모습은 찾아볼 수 없었다.

"괜찮아. 괜찮아."

배영준은 그런 아내가 처음이었기에 등을 쓸어내리다가 이내 TV 화면을 목격했다.

"……."

순식간에 쏟아지는 여러 생각과 무너지는 가슴에 파묻혀 울부짖는 아내.

배영준은 순간 어지러워 그대로 주저앉고 말았다.

"아아아악. 아아아아!"

그가 실낱같은 이성을 유지할 수 있었던 건 자신마저 무너졌다간 아내도 잃을 수 있겠다는 생각뿐.

그의 눈에 유진희의 핸드폰이 들어왔다.

아버지라 적혀 있는 액정을 보고 배영준은 아내를 끌어안은 채 조심스레 핸드폰을 들었다.

-진희야, 진희야!

"……장인어른, 접니다."

잠시 간격을 두고.

유장혁이 간신히 입을 열었다.

-도빈이 살아 있을 거다.

너무도 간절한 목소리였다.

-도빈이에게 준 핸드폰 지구 어디에 있든 추적할 수 있어. 어지간하면 망가지지 않아. 괜찮을 거다.

추측이 아닌, 단호한 말이었으나 유장혁의 말투는 바람에 가까웠다.

-가능한 모든 수단을 동원했다. 수색대가 찾고 있으니 곧 소

식이 올 거야.

"저도 가겠습니다."

……진희와 도진이를 부탁한다.

"으어억! 아아아아악!"

"여보."

눈이 뒤집힌 유진희는 비명을 질러댔다.

너무도 긴 밤이었다.

"대체 언제까지 기다리란 말이냐!"

유장혁 회장의 노성에 비서진이 움찔했다.

손자를 만나면서 부드러워졌던 그는 예전 모습으로 돌아가 있었다.

어렸을 적부터 수많은 이들에게 주목을 받았던, 눈에 넣어도 아프지 않을 손자.

유장혁은 WH에 적대하는 세력이든 정도를 지나친 팬들을 우려해 어린 배도빈에게 자신과 같은 핸드폰을 선물하였다.

그것만 지니고 있으면 어디에 있든 찾을 수 있도록.

그러나.

핸드폰 신호가 잡힐 때만 해도 희망을 가졌거늘, 추락 후 6시간이 지난 현재 신호가 끊기고 말았다.

마지막 신호가 잡힌 곳으로 접근조차 못 한다고 하니.

유장혁의 분노는 걷잡을 수 없었다.

책상을 내려친 유장혁의 주먹이 부들부들 떨렸다.

그 누구도 거스를 수 없는 폭력에 대응할 사람은 유장혁과 오랫동안 함께한 비서실장 김재식뿐이었다.

"가능한 모든 수단을 동원하고 있습니다. 다만 기상 상태가 좋지 않아 헬기를 띄울 수가 없어……."

쾅!

유장혁 회장이 바닥에 재떨이를 내던졌다.

"헬기를 못 띄우면 뛰어서라도 올라가! 아니, 믿을 놈 하나 없다. 내가 직접 가겠다."

"회장님!"

"비켜!"

"위험합니다! 네팔 당국과 국제구조대, 아이슬란드의 사설 구조대와 WH에서도 전력을 다하고 있습니다. 제발."

유장혁이 김재식의 멱살을 잡았다.

"제발이라고 했나? 제발이라고!"

"회장님……."

"내 손주가 어떤 상황인지도 모르는데 네가 감히 그딴 말을 꺼내! 도빈이뿐이야? 그 비행기 안에는 내 직원 스무 명이 같이 타고 있었어. 내 직원 스무 명이! 제발이란 말은!"

노기를 띤 유장혁 회장의 눈이 눈물로 그렁댔다.

"그 아이들이 무사하길 바랄 때 쓰는 거다."

비서실장을 밀쳐낸 유장혁 회장이 성큼성큼 걸어 나가자.

김재식이 이를 빠득 물고는 비서실 직원들에게 임무를 하달했다.

"현 시간부로 수배 가능한 모든 구조대를 확보한다."

"네."

"구조 활동 중 희생은 용납하지 않는다. 무슨 짓을 해서라도 반드시 찾아. 시체라도 찾아내!"

"예."

♪

이른 새벽.

눈을 뜬 최지훈은 굳은 채 아무 일도 할 수 없었다.

흐려지는 시야 뒤에 배도빈의 얼굴이 떠올랐다.

몇 주 전만 해도 지금껏 보지 못했던 밝고 환한 웃음으로 오케스트라 대전 우승 트로피를 들고 있었다.

뚱한 표정.

눈매를 좁히고 집중하던 얼굴.

자신을 부르던 목소리.

무심한 듯 던지던 따뜻한 말들이 떠오르며 최지훈은 이성을 유지할 수 없었다.

"……"

무엇에 홀린 듯.

최지훈을 움직이고 있는 건 본능뿐이었다.

"도련님!"

배도빈의 추락 소식을 접한 집사가 최지훈의 방에 들어섰을 때 최지훈은 짐을 챙겨 방을 나서려 했다.

"어, 어딜 가십니까?"

"도빈이한테요."

"아, 안 됩니다. 거기가 어디라고 가시려고요!"

"놔 주세요."

"안 됩니다. 어억. 도련, 도련님!"

집사의 만류를 뿌리치고 복도로 나선 최지훈은 아버지 최우철과 마주 보았다.

"……다녀올게요."

"어딜 가려는 게냐."

최지훈은 시선을 회피하다 대답하지 않고 최우철을 지나쳤다.

최우철의 억센 손이 아들을 붙잡았다.

"네가 간다 해서 해결될 문제가 아니다."

"알아요."

"그럼 어쩌자고 이래!"

"가야 하니까요!"

아들을 끌어낸 최우철은 당장에라도 터질 듯한 슬픔을 보았다.

"옷도 얇아서 추울 텐데."

치미는 슬픔을 억누르며 최지훈은 고개를 저었다.

"눈 속에서 혼자……. 무서울 거잖아요. 가야 해요."

소중한 이를 잃었던 두 남자는.

다시는 같은 경험을 하고 싶지 않았다.

그렇기에 최지훈은 가야만 했고.

최우철을 아들을 막아서야만 했다.

"널 잃을 순 없다. 구조대가 수색 중이니 믿고 기다려."

"아버지!"

그러나 두 사람이 서로를 친형제처럼 여기고 있음을 알기에.

"갈 거예요. 놔주세요. ……제발. 제발!"

최우철은 어쩌지 못하고 발버둥 치는 아들의 얼굴을 꽉 잡았다.

슬픔이 가득한 절망의 눈동자는 그때의 자신을 보는 듯했다.

"……하나만 약속하자."

최지훈은 당장에라도 터질 것만 같았다.

"사고 부근까지는 가자. 하지만 올라가는 건 안 돼. 절대로."

"끄으으윽."

"약속해!"

"아아아아아악!"

무너져 버린 아들을 껴안고.

최우철은 그저 함께 있어줄 수밖에 없었다.

"말도 안 돼."

진달래는 너무도 비현실적인 보도를 믿을 수 없었다.

한 번 죽은 거나 다름없던 자신에게 희망을 주었던 남자.

그에게 닥친 일을 믿고 싶지 않았다.

분명 뭔가 잘못된 거라고.

누군가의 악질적인 장난이라 생각하며 문을 박차고 1층으로 내려갔다.

그곳에.

쓰러져 하염없이 눈물을 쏟고 있는 차채은과 고개를 돌린 채 떨고 있는 왕소소, 초점을 잃은 채 넋이 나간 유진희를 끌어안고 있는 나윤희가 있었다.

모든 것이 사실이라고.

받아들일 수 없는 일이 진짜라고 인지한 순간 그녀는 더욱 부정했다.

"아니잖아."

그러지 않으면 이성을 유지할 수 없을 것 같았다.

"아니잖아!"

비명과도 같은 외침 끝은 눈물이었다.

나윤희가 손을 뻗었다.

어찌나 깨물었는지 그녀의 입술은 모두 터져 넝마가 되어 있었다.

진달래는 상상하기도 싫은 상황에서 그나마 정신을 유지하고 있는 나윤희의 손에 이끌렸다.

"아니지……? 응? 아니지? 어?"

나윤희는 말없이 진달래의 등을 쓸어내렸다. 부정조차 할 수 없는 상냥함에 결국 진달래도 울고 말았다.

시간이 얼마나 흘렀을까.

나윤희가 진달래에 귓가에 대고 나지막이 말했다.

"……형부 잠깐 나가셨어. 구조대 쪽이랑 통화해 보신다고. 도빈이 소식 없는지."

혼이 나간 유진희가 배도빈의 이름에 움찔 몸을 떨었다.

나윤희가 그녀의 등을 쓸어내리며 말을 계속했다.

"도진이 아직 자고 있을 거야. ……소식 접하지 않게 할 수 있지?"

아이의 영민함은 형의 소식을 충분히 이해할 수 있을 터였다.

또한 그 사실을 받아들이기엔 너무도 어렸다.

나윤희의 말을 이해한 진달래가 눈물을 훔치며 고개를 끄덕인 순간.

희미했던 유진희의 초점이 돌아왔다.

"도진이."

"언니."

유진희가 반응을 보이자 나윤희가 그녀의 얼굴을 쓸어내리며 시선을 마주했다.

혼란스러워 하는 유진희가 정신을 차릴 수 있도록 그녀가 할 수 있는 한 가장 명확한 목소리로 말했다.

"응, 언니. 도진이 아직 자고 있어."

"도진이……."

"도진이한테 언니뿐이잖아."

다 터진 입술에서 전해진 나윤희의 말과 아들을 향한 사랑이 유진희의 정신을 기적적으로 돌려놓았다.

그녀는 고개를 끄덕이고 몸을 일으켜 세웠다.

탈진한 몸은 말을 듣지 않았지만 어떻게든 나윤희의 부축을 받아 주방으로 향한 유진희는 얼굴을 씻었다. 컵에 찬물을 가득 따라 마신 뒤 나윤희를 꽉 안았다.

"고마워."

유진희가 비틀거리며 6층, 둘째의 방으로 향했고 나윤희는 그제야 다리에 힘이 풀려 주저앉고 말았다.

　'살아 있을 거야. 꼭. 살아 있을 거야.'

　그러나 차오르는 비탄이 주르륵 흘러내리고 말았다.

　부엌에 홀로 남은 나윤희는 그제야 울기 시작했다.

　"도빈아……."

　하고 싶은 말이 너무나 많은데.

　아직 갚지 못한 것이 너무나 많이 남았는데.

　그를 향한 목소리는 공허하게 흩어지고 말았다.

　부우우웅- 부우우웅-

　그때.

　나윤희의 핸드폰이 진동했다.

　액정을 확인한 그녀는 다급히 전화를 받았다.

　"도빈아?"

　잠깐의 간격을 두고 잊을 수 없는 목소리가 울렸다.

　-누나.

　"지금 어디야? 몸은 괜찮아?"

　나윤희가 유진희에게 가기 위해 벌떡 일어났다.

　-……앞이 안 보여요. 언제까지 통화할 수 있을지 모르겠는데. 곁에 어머니 있어요?

　앞을 볼 수 없다니.

가슴이 철렁였다.

"응. 바로 갈게. 언니! 언니!"

나윤희는 배도진의 방으로 향하면서 그 어느 때보다도 냉정해졌다.

살아 있다.

살아 있다는 사실만으로도 그녀는 힘낼 수 있었다.

"도빈아, 뭐든 괜찮아. 구조대가 움직이고 있으니까 괜찮을 거야."

띠링- 띠링-

배터리가 얼마 남지 않았는지 알림 소리가 계속해 이어졌다.

그럴수록 조급해졌지만 나윤희는 필사적으로 이성을 유지했다.

-네.

"주변에 어떤 소리 나? 눈이 있어? 땅은?"

유진희를 찾으면서 나윤희는 최대한 배도빈이 현재 어떤 상태인지 물었다.

-추워요. 눈이 쌓여 있는 거 같아요. 바람 소리가 세서 다른 소리는…… 앞이 비어 있는 것 같아요. 바람은 앞뒤로만 불고.

유추할 수 있는 장소는 절벽이 있는 계곡.

"응."

아주 작은 단서라도 좋았다.

3,000명의 구조대에게 전달된다면 그것만으로도 충분히

도움이 될 것이기에 나윤희는 배도빈의 말은 하나도 남김없이 반복했다.

절대 잊지 않도록.

"주변에 사람들은 없어? 열기를 찾더라도 가까이 가면 안 돼. 비행기가 언제 다시 폭발할지 모르니까. 섣불리 움직여서도 안 돼."

-다른 사람은 없는 거 같아요. ……그렇게요.

나윤희는 6층에 도착하자마자 배도진의 방문을 벌컥 열고 들어섰다.

깜짝 놀란 배도진과 수척한 유진희는 숨을 헐떡대는 나윤희를 보고 눈을 크게 떴다.

"언니!"

나윤희가 전화기를 넘겼다. 해야 하는 일을 마친 그녀는 쓰러져 흐느꼈고.

유진희는 다급히 전화기를 귀에 댔다.

"도빈이니? 응?"

-네, 어머니.

신께 감사했다.

차라리 자길 데려가 달라고 했던 마음을 애써 누르며 유진희가 입을 열었다.

"많이 무섭지? 몸은 괜찮아? 할아버지랑 아빠가 도빈이 꼭 찾을 거야. 주변에 뭐가 보여?"

─……앞이 안 보여요.

아들의 말에 어머니는 다시금 심장이 얼어붙는 듯했다.

그러나 살아 있으면 된다고. 살아 있기만 해달라고 다시금 기도했다.

띠링- 띠링-

배터리가 얼마 남지 않았다는 알림 소리가 반복해 들릴 때마다 유진희의 마음은 조급해졌다.

"도빈아, 괜찮을 거야. 살아 있기만 하면 돼. 엄마가 꼭 찾으러 갈게."

알림음이 몇 번 더 울리고.

아들의 목소리 대신 세찬 바람 소리가 귀를 괴롭혔지만 유진희는 울 수 없었다.

조난당한 아들이 불안하지 않도록 안심시키는 것이 우선이었다.

"내 아들. 내 아들. 흡. ……꼭 갈게. 괜찮아. 무서워하지 마. 우리 아들 씩씩하니까 조금만 힘내자?"

─어머니.

"응. 응."

─사랑해요.

뚜- 뚜- 뚜- 뚜-

"도빈아, 도빈아! 도빈아악!"

· 71악장 ·
추방의 역사를 들으며

정신을 차려보니 눈을 뜰 수 없다.

놀라서 눈 주변을 더듬어보니 딱딱한 무엇인가가 만져진다. 상처가 제법 깊은지 고통을 참기 힘들다.

'빌어먹을.'

정확한 이유는 모르지만 비행기에 갑작스러운 문제가 생겼다.

요동치던 비행기는 이내 몸이 뜰 정도로 급히 추락했고 조금씩 뜯어지던 천장이 기괴한 형태로 찢겨나갔다.

비행기 따위 믿는 게 아니었는데.

'이번엔 시력인가.'

욕지거리가 튀어나왔지만 칼날 같은 바람과 온몸을 감싸고 있는 눈 그리고 얼어붙은 몸이 이대로는 위험하다고 말했다.

"박 기장님! 정소민 씨!"

비행기에 함께 타고 있던 이들을 불렀으나 돌아오는 답은 없었다.

뿔뿔이 흩어졌거나.

아니면 모두 죽었거나.

까득.

'어디지.'

베를린으로 돌아가기 전, 도빈 재단 인도지사에 잠시 들를 예정이었지만 잠들어 있던 탓에 그밖에 아는 바가 없다.

그저 제법 시간이 흘렀으니 중국과 인도 사이의 어느 부근 이라고 추측할 뿐.

정확한 위치는 알 수 없다.

더구나 앞을 보지 못하니 혼자 움직이는 건 자살 행위다.

그러나 이대로 시간을 더 지체했다간 정말 얼어 죽을 것만 같다.

이대로 죽을쏘냐.

'뭐라도 해야 해.'

몸을 더듬으니 안주머니에 들어 있는 핸드폰을 만질 수 있 었다. 그 와중에도 잃어버리지 않아 불행 중 다행이다.

쉬이이이익-

살을 에는 바람.

옷을 여미며 핸드폰에 입을 가져갔다.

"와이즈, 여기가 어디지?"

답이 없다.

"와이즈, 할아버지께 전화 걸어."

몇 번을 이야기해도 핸드폰은 반응이 없었다.

"……시발."

유일한 방법이 먹히지 않는다.

정말 이대로 죽는 건가.

어머니와 아버지, 도진이의 얼굴이 떠올랐다.

이대로.

이대로 죽을 수는 없다.

'생각해.'

뭐라도 방법을 찾아야 한다.

핸드폰을 더듬으니 짧게 진동한다.

작동하고 있다는 뜻.

아예 망가지진 않은 모양이다.

음성을 인식하는 장치가 망가졌거나 아니면 내가 모르는 무엇인가가 오작동했을 가능성도 있다.

그러나 그것만으로는 절망적인 상황이 달라지지 않는다.

버튼이 있다면 모를까.

앞이 보이지 않는 상태에서 터치만으로 누군가에게 연락해야 한다니.

다시 한번 욕이 나온다.

……손이 깨질 듯하다.

'기억해야 해.'

섣불리 건드렸다간 어떤 식으로 작동하고 있는지 알 수 없게 될 테니 신중해야 한다.

핸드폰의 모서리에 의지해 우측 최하단 근처 버튼을 눌렀다.

제대로 되었다면 분명 통화 상태로 들어왔을 터.

감각과 기억에 의지해 위쪽 부근에 있을 통화기록을 누른다.

'제발.'

제대로 눌렀는지 확인할 순 없다.

숨을 한 번 내쉬었다.

'쓸데없는 곳에 연락해선 안 돼. 최근에 연락했던 사람이 누구지? ……나윤희였어.'

모르긴 몰라도 지금쯤 내가 타고 있던 비행기가 추락했다는 소식이 알려져 있을 거다.

박대호 기장이라면 사건이 터질 때 이미 WH와 주변에 사실을 알렸을 테고 몇 시간은 흐른 듯하니 분명 그럴 거다.

'괜찮아.'

나윤희라면 믿을 수 있다.

동작은 느려도 머리 회전이 빠르고 행동력도 있으니 분명 최악의 상황은 피해줄 거다.

조심스레 화면을 눌렀다.

뚜르르르-

'됐어.'

나윤희에게 가는 전화인지 다른 누군가에게 가는 건지 알 수 없지만 일단 전화가 가능하다는 것은 다행이다.

남은 것은 내 목소리가 전달될지에 대한 문제.

음성 인식이 안 되었기에 최악의 사태만은 피했으면 한다.

-도빈아?

신호음이 채 두 번 울리기도 전에 나윤희의 목소리가 들렸다.

그 다급한 목소리에 조금 안도했다.

예상대로 그녀는 최대한 침착했다. 평소 말할 때마다 더듬던 그녀라고는 생각할 수 없었다.

힘이 빠져나간다.

'빌어먹을.'

아직 해야 할 일이 너무 많은데, 하고 싶은 일이 너무나 많은데 이렇게 죽을 순 없다.

주변 상황을 전달함에 따라 나윤희의 숨이 가빠졌고 이내 어머니의 목소리를 들을 수 있었다.

그러나 입조차 움직이기 버거워.

"사랑해요."

정신을 잃고 말았다.

♪

"죽었나?"

"어디서 온 애야?"

"모르겠어."

"몇 살일까?"

"어려 보이는데."

꿈을 꾸고 있는 것인가.

정신을 차리자 멀리서 그리운 말들이 들려왔다.

17년 전, 아니, 근 200년 만에 들어보는 옛 독어에 혼란스러울 수밖에 없었다.

"으악. 깼다."

"꺄악!"

몸을 일으키자 아이들이 요란하게 소리치며 도망갔다.

'대체……'

티딕, 틱 하는 장작 타는 소리가 났고 희미하게 신 냄새가 난다.

옛 방식의 자우어크라우트(양배추 절임)다. 빵 냄새도 맡을 수 있었다.

내가 미친 것인가.

그때의 빈으로 돌아온 듯한 느낌에 머리가 복잡하다.

'꿈인가?'

눈은…… 여전히 뜰 수 없다.

동상 때문인지 온몸이 가렵고 눈의 통증은 여전하다.

'꿈도 아니라면 대체.'

순간 시간을 거슬러 왔다는 허무맹랑한 생각이 들었지만 다시 태어난 경험을 비추어 불가능한 일도 아니지 않느냐는 생각에 답답해졌다.

'어디지.'

사람을 부르려던 차.

아이들의 목소리와 여러 발소리가 들렸다.

낯선 노인의 목소리가 역시나 옛 독어로 말을 걸어왔다. 낮고 부드럽지만 경계하고 있다.

"정말 깨어났구나. 얏, 따듯한 물을 가져오너라. 동상 때문에 가려울 거다."

"네!"

그렇게 말한 노인이 다가오는 기척을 느꼈다.

"알아듣진 못하겠지만 놀라지 마시오. 이제 괜찮으니."

그가 내 손을 포개었다.

따뜻한 온기가 전해진다.

"……도와주셔서 감사합니다."

조심스레 입을 열자 잠시 간격을 두고 노인이 답했다.

"이거 놀랍구려. 말이 통할 줄이야."

노인의 목소리에서 정말 놀랐다는 느낌을 받았다.

그러나 그것은 이쪽에서 묻고 싶은 이야기다.

"여기가 어디죠?"

"피상 근처라고만 알아주시오. 나흘 전 큰 소음이 들려 근처를 살핀 청년이 당신을 발견했고."

나흘이나 흘렀다니.

피상이라는 지역이 어디인지 알 수 없었지만 아마 네팔의 어딘가일 것이다.

참으로 다행인 것은 노인의 말을 유추해 보면 꿈이거나 시간여행과 같은 건 아닌 듯하다.

18세기의 독일어를 네팔 부근에서 사용할 리 없으니 말이다.

살아만 있으면 돌아갈 수 있다.

"전화를 쓸 수 있을까요?"

"안타깝지만 그런 물건은 여기 없소."

"촌장님, 여기."

순간 뜨거운 습기를 느꼈다.

노인의 주름진 손이 내 팔목을 잡고 조심스레 그릇으로 인도했다.

"뜨거우니 천천히."

망설이다 목이 타는 듯해 혀끝을 대니 데이고 말았다.

찻잎을 넣은 듯, 허브 향을 맡을 수 있었고 조금씩이나마 마시자 몸에 온기가 돌았다.

"감사합니다."

빵 냄새가 훅 다가왔다.

지금으로서는 이들의 친절이 고마울 뿐이다.

예를 갖추니 촌장이라 불린 노인이 작게 소리 내어 웃었다.

"불행인지 다행인지 모르겠소."

"무슨 뜻인지."

"이제 막 일어난 사람에게 할 말은 아니다만, 당신이 앞을 볼수 있었다면 마을로 들일 수 없었을 테니까."

무슨 말인가 싶은데 누군가 한 명 더 방으로 들어왔다.

"왔구나."

누군지 모를 이와 인사를 나눈 촌장이 내 팔을 잡았다.

"약을 바르기 전에 몸을 좀 닦아낼 거요. 편히 있으시오."

"아뇨. 그렇게까지는."

노인은 들은 척도 하지 않고 젖은 천으로 내 몸을 닦기 시작했다.

그리 유쾌한 기분은 아니었지만 이들의 민간요법으로 여기고 몸을 맡겼다.

'그나저나 2023년에 전화조차 없는 폐쇄적 마을이라니.'

숨어 있기라도 하듯.

내가 앞을 볼 수 있었다면 들일 수 없다니 무슨 사연이 있는 모양.

방 안에 장작을 태우니 핸드폰을 충전할 전기조차 없는 것 같다.

'전화가 있는 곳까지 데려가 줬으면 좋겠는데.'

촌장의 태도로 보아 그조차 어려울 것 같지만 부탁은 해봐야 할 것이다.

이 상태로는 아무 데도 갈 수 없다.

그때, 부드러운 하프 소리가 울렸다.

'이건.'

넘실거리는 파도처럼 평화로운 음률은 지금껏 내가 들었던 하프 연주를 모두 부정해 버렸다.

연주가 끝나고.

더 듣고 싶다고 생각하며 물었다.

"켈틱 하픈가요?"[2]

배를 닦고 있던 손이 멈췄다.

"정말 놀랍구려. 맞소. 우리 마을 최고의 하프 연주자지."

"멋진 연주였어요."

· ·

2) 켈틱 하프(Celtic harp):
아일랜드, 스코틀랜드 등 켈트 문화권의 하프.
8세기에 발생, 19세기를 전후로 구조상, 계통상 차이점을 보인다. 전통 켈틱 하프는 30~36개의 금속 현을, 19세기 이후 켈틱 하프는 30개의 거트현을 사용하고 반음계를 조율할 수 있다.

잠시 간격을 두고 노인이 물었다.

"말해보시오. 어떻게 듣기만 해서 어떤 악기인지 알고 또 우리와 같은 말을 쓰는지."

언어는 설명할 도리가 없다.

"소리가 다르니까요."

노인의 질문에 금속 현과 거트현(양의 소장을 정제한 가는 줄)의 차이를 말해주었다.

노인은 감탄했지만 나야말로 정말 기가 찰 노릇이다. 18세기에나 쓰였던 전통식 켈틱 하프 소리를 들을 수 있다니.

켈트족이 쓰던 하프는 다시 태어난 뒤에는 들어볼 기회가 없었다.

비록 살펴볼 수는 없지만 이곳은 정말 내가 살던 그때를 연상케 한다.

"젊어 보이는데도 지식이 대단하구려."

"음악가니까요."

"허어. 어떤 악기를 연주할 수 있소?"

촌장의 목소리가 다소 친근해졌다.

"피아노도 연주하고 바이올린도 좋아해요."

"껄껄. 그럼 한번 들려주겠소?"

구조와 치료 그리고 멋진 연주까지 들려줬으니 그 정도는 얼마든지 해줄 수 있다.

고개를 끄덕이니 어린아이가 후다닥 밖으로 나갔다.

"같은 말을 쓰고 음악을 좋아하다니. 생김새는 달라도 고향 사람을 만난 듯하오."

"……저도 그래요."

정말 그렇다.

"후우."

촌장이 숨을 길게 내쉬었다.

잠시 뒤 보폭이 좁은 발소리가 점점 크게 들렸고 이내 촌장이 내게 바이올린을 쥐여주었다.

투박하나.

예전 그 느낌이다.

옛 느낌을 받았으니 무엇을 연주할지는 자연스레 떠올랐다.

바흐 파르티타 제2번.

우수에 젖은 영혼과 고결한 정신을 정갈하게 갈무리하는 바흐의 바이올린 독주곡을 연주하자.

방 안에 있던 사람들이 숨소리마저 내지 않았다.

지친 탓에 완주하지 못하고 바이올린을 내렸더니 촌장이 기쁘게 웃었다.

"음악이란 영혼을 노래하는 행위. 연주만 들어도 어떤 사람인지 알 수 있지. 그대의 영혼은 참으로 고결하오."

바이올린을 가져가기에 손에 힘을 풀었다.

"같은 생각이에요."

영혼을 노래한다는 노인의 말에 참으로 공감한다.

곡을 짓는 행위는 작곡가의 자아실현이며 연주는 연주자와 청자의 대화.

노인의 말은 지극히 옳다.

"그리고 서로의 마음이 닿으면 이렇게 멋진 일도 일어나지."

노인이 내 팔을 쓸어내렸고.

어느새 사라진 통증과 가려움이 어디로 향했는지 알 수 없어 의아한 와중에.

노인이 놀라운 말을 꺼냈다.

"테메스 신의 축복이오."

'테메스?'

아버지께서 반평생을 찾아 헤매던 그 이름.

레버쿠젠에서 아버지와 나눴던 대화가 떠올랐다.

'테메스라 했죠? 처음에는 영국에서 발견했잖아요. 조사 지역을 유럽 본토로 옮긴 이유가 뭐예요?'

'처음에는 로마가 영국을 정복하면서 켈트 문화권이었던 테메스의 명맥이 끊긴 줄 알았어. 그런데 그게 아니었지. 수백 년

간의 공백이 있긴 하지만 16세기부터는 오스트리아 빈 근처에서 마을 정도는 이뤘던 것 같아.'

모든 퍼즐이 맞춰지는 듯하다.

이들이 나와 같이 18, 19세기의 독일어를 사용하는 것도 당시에 자주 식탁에 올라왔던 절인 양배추 냄새가 그때와 비슷한 것도.

당시 주로 쓰였던 켈틱 하프를 사용하는 것마저 이들이 켈트 문화권에 속해 있던 테메스 부족이라면 이해할 수 있다.

아마도 어떤 이유로 빈을 떠났을 테고 이곳에 정착했을 테지.

폐쇄적인 태도를 보아 그리 좋지 않은 이유였다는 정도로 추측할 수 있다.

'이런 곳에 있을 줄이야……'

남아시아.

그것도 사람의 발길이 닿지 않는 히말라야산맥 부근이니 아버지와 수많은 학자가 전 유럽을 뒤져도 찾을 수 없었던 것이다.

'정말 있었어.'

아버지의 꿈이 실존함을 알게 되어 기쁘다. 이 사실을 알게 되신다면 얼마나 좋아하실까.

놀라서 이런저런 생각을 하고 있자니 그것이 얼굴에 드러났는지 촌장이 걱정스레 물었다.

"왜 그러시오?"

대답을 하려다 한 번 더 생각했다.

촌장은 외부와의 접촉을 꺼린다.

아마 이 마을 사람 모두 같은 생각일 것이다.

앞을 볼 수 있었다면 들이지 않았을 거라 말했던 만큼, 이들은 자신들을 숨기고 싶어 한다.

이들의 도움을 받아야 하는 나로서는 적당히 모르는 척해야 할 터.

'아는 척 해봐야 좋을 것 없지. 무슨 짓을 할지도 모르고.'

앞을 볼 수 없으니 더더욱 조심해야 한다.

"어디 불편하시오?"

"……통증이 사라졌어요."

말을 돌렸다.

"음. 곧 완전히 나을 것이오. 몸과 정신은 하나라 영혼이 감응하면 육체도 낫기 마련이오. 방금 스칼라의 연주는 그걸 위함이었고."

'그런 일이 가능할 리 없다.'

그들이 몸을 녹여주고 민간요법으로 쓰던 약초를 발라준 덕일 가능성이 높다.

그러나 조금 전만 하더라도 욱신거리던 눈이 더 이상 아프지 않고 동상에 걸려 가렵던 피부가 안정되었기에 마냥 부정할 수도 없었다.

'음악으로 실질적인 치료가 가능할 리가 없어…….'

그 순간.

'설마.'

사카모토가 건강을 되찾은 일이 떠올랐다.

이식 수술을 받지 않으면 오래 버티지 못한다던 사카모토는 의사마저 기적이라 할 정도로 순식간에 상태가 호전되었다.

'설마 그때도…….'

마지막이라고 생각했던 그와의 녹음은 수십 년간 음악만을 위해 살았던 나와 사카모토조차 경험해 보지 못한 일이었다.

온몸이 소리에 반응하여 그때까지 느낄 수 없었던 감각이 살아났고.

그로 인한 충족감은 이루 다 말할 수 없었다.

'기록에 의하면 테메스의 지도자는 영적인 능력이 강했던 것 같아. 음악으로 환자를 치료했다는 기록도 남아 있으니까. 물론 플라시보 효과였을 테지만.'

아버지의 말까지 떠오르니 차마 입을 닫을 수 없었다.

"껄껄. 놀라는 것도 무리는 아니지. 곧 나을 테니 걱정하지 않아도 되오."

옷이 쓸리는 소리가 났다.

촌장이 일어서려 하는 듯해 황급히 말을 걸었다.

"눈, 그걸로 제 눈도 고칠 수 있습니까?"

촌장이 내 손과 그의 손을 포개며 말했다.

"당신의 간절함을 모르는 건 아니지만 모든 일에는 한계가 있는 법이오. 애석하나 그만한 상처를 치료할 순 없소."

촌장의 말투는 단호했다.

그러나.

'아니야.'

나는 내 눈으로 직접 죽기 직전의 사카모토가 나은 것을 확인했다.

테메스의 이 신비한 힘이 어떤 식으로 작용하는지는 몰라도 가려운 피부를 낫게 해주는 정도가 전부일 리 없다.

면역력이 회복할 수 없을 때까지 떨어졌던 사카모토 료이치가 단 며칠 만에 자리를 털고 일어났으니 말이다.

'할 수 있어.'

이들이 가능하다면.

그 수단이 음악이라면 나 배도빈이 못 할 리 없다.

"……바이올린을 쓰게 해주세요."

"얼마든지."

툭.

무엇인가가 침상 옆에 놓였다.

"여기 두고 가겠소. 필요한 게 있으면 얀을 부르도록 하시오."

"고맙습니다."

"테메스 신의 가호가 있기를."

♪

2주 정도 흐른 것 같다.

정확한 날짜는 모르겠지만 대충 열 번에서 스무 번 정도 자고 일어났으니 그렇게 추측할 뿐이다.

이곳 사람들은 시간에 대한 개념은 있지만 말하는 것으로 보아 그리 신경 쓰지 않는 듯하다.

분과 초는 말하지 않고 시간 정도는 간혹 말하지만 대개는 '해가 떴다', '해가 높이 떴다', '해가 졌다', '달이 떴다' 정도로 말했다.

또 이들의 삶은 정말 순박해서.

식사는 농사와 채집, 사냥으로 해결하며 그 외의 시간은 대부분 음악으로 보낸다.

음악과 함께하는 삶이라는 표현이 적절한데 방 안에 있자면 갖은 악기 소리가 끊임없이 이어진다.

특히 현악기 소리가 많이 들린다.

바이올린을 만드는 사람도 있는 듯, 소리가 제법 좋다.

음악을 사랑하는 이들이다 보니 자연스레 연주자도 악기를 만드는 사람도 명맥을 이어온 모양.

그중에서도 처음 내게 하프 연주를 들려주었던 스칼라라는 사람이 가장 특출했다.

세계 어디에 내놓아도 손색이 없을 인재다.

'다시 듣고 싶은데.'

그 사람의 연주를 통해 동상이 나왔으니 다시 한번 듣는다면 무엇인가 실마리를 찾을 수 있지 않을까 싶다.

죽지 않은 것만으로도 다행이지만 지금 이 순간도 어머니와 아버지, 도진이 그리고 동료들은 애가 마를 것이다.

한시라도 빨리 돌아가고 싶은 마음은 굴뚝같은데.

문제는 눈.

'이들의 힘이 아니면 아마 나을 수 없겠지.'

조심스레 손을 대보면 상처가 제법 크다는 걸 알 수 있다.

통증은 많이 가셨지만 영영 앞을 볼 수 없다는 생각마저 들었으니 이들의 비밀을 통해 눈을 치료해야만 한다.

'칼은 불가능하다 했지만.'

테메스 마을의 촌장 칼은 단호했지만 지금은 아주 작은 가능성이라도 믿고 싶다.

그나마 다행인 건 귀나 손이 망가진 것이 아니라는 점.

정신을 차린 뒤로 줄곧 바이올린을 연주해 봤지만 나아질 기미는 없었다.

'조건이 있나?'

생각해 보면 음악과 평생을 함께한 내가 이러한 힘에 대해 몰랐을 정도니 분명 테메스인들만이 아는 무엇인가가 있을 것이다.

유일한 단서는 사카모토와의 녹음.

그러나 그때의 그 기분을 재현하기란 쉽지 않았다.

'대체 뭘까.'

단순히 높은 수준의 연주를 해야 한다면 이미 많은 사람이 음악으로 병을 이겨냈을 테니 뭔가 다른 조건이 있을 거라는 생각을 하던 와중.

옆에서 수발을 들어주는 얀이라는 아이가 말을 걸었다.

"형은 어디서 왔어?"

"베를린."

"거긴 형처럼 바이올린 잘하는 사람 많아?"

"많지."

현재 활동하는 사람만 해도 최고의 바이올리니스트라는 찰스 브라움과 스노우 한이 있고.

케르바 슈타인, 데이비드 개럭, 다니엘 이반, 레몽 도네크, 자니 갤럭키 등도 거장이라 불릴 만하다.

손가락이 멀쩡한 나윤희도 훌륭한 바이올리니스트고.

"듣고 싶다."

어린애의 솔직한 생각에 웃을 뿐이다.

"동상 치료할 때 하프 연주했던 사람은 어떤 사람이야?"

"스칼라?"

얀의 목소리가 밝아졌다.

"스칼라는 신과 가장 친한 사람이야."

"무슨 말이야?"

"스칼라가 연주하면 테메스 신이 좋아해. 동상이 나은 건 테메스 신이 기뻐해서 주는 선물이야."

어린애의 말이라, 아니, 종교적인 말이라 받아들이기 힘들었지만 적어도 테메스인들은 그런 식으로 생각하는 듯하다.

'신이 기뻐해서 주는 선물이라.'

"얀."

그때 맑은 목소리가 들렸다.

"스칼라."

"외부인에게 쓸데없는 말 하지 마."

"……응. 나 갈게."

우울해진 얀에게 손을 흔들어 주었다.

얀의 발소리가 멀어지자 스칼라가 잔뜩 경계하며 엄포를 늘어놓았다.

"언젠가 돌아가고 싶다면 우리에 대해 알려고 하지 마. 널 이대로 두는 것도 마을의 질서를 어기는 일이니까."

"그래."

평화롭게 사는 이들의 삶을 망치고 싶은 생각은 추호도 없다.

단지.

"네 하프 연주를 듣고 싶은데."

"……."

"이러고 있으면 답답하다고."

"그때는 할아버지께서 말씀하셨기에 들려줬을 뿐이다. 네게 호의를 베풀 의무는 없어."

"그런 것치곤 매일 오던데."

"뭐, 뭐?"

"눈이 안 보이니까 귀가 엄청 예민해지더라. 발소리만 들어도 알아. 매일 와서 있다가 돌아가는 거."

스칼라는 말이 없었다.

"맞춰보자. 할 일도 없는데."

"외부인과 그럴 수는……."

"음악에 출신이 중요해?"

"……기다려라."

망설이는 것 같더니 음악을 좋아하는 것은 감출 수 없는지 순순히 밖으로 나간다.

목소리만 들어서는 나이 차이가 얼마 안 날 것 같은데 어떨지 모르겠다.

벽에 기대어 주변에서 나는 소리에 집중한다.

참으로 신기한 것이 이렇게 앞을 볼 수 없는데도 주변이 어떻게 생겼는지 알 것 같다.

타닥타닥 튀는 장작불과 공기의 흐름, 잎과 잎이 스치는 소리까지 굳이 소리가 아니더라도 여러 감각이 예민해졌다.

전혀 다른 세계에 있는 느낌이다.

스칼라의 발소리가 들렸다.

"왜 그러고 있어?"

"……네가 먼저 해."

"맞춰보자니까."

이 녀석의 연주를 들어야 하는데 고집을 피운다.

"내, 내 연주를 듣고 싶다면 네가 아는 곡을 가르쳐라. 그렇다면 어울려주지."

우리 찌질이 악장도 그렇고 삽살개 같은 피아니스트도 그렇고 음악하는 인간은 죄다 이렇게 솔직하지 못하다.

푸르트벵글러도 그렇고.

'뭐가 좋을까.'

이 녀석을 구슬리려면 괜찮은 곡을 들려줘야 할 것 같은데 마침 적당한 곡이 떠올랐다.

현을 넘나드는 밝은 기운.

'찰스 브라움'의 독주 파트를 연주하기 시작했다.

그의 우아한 음색을 한껏 살리기 위해 만든 곡으로 독주 파트는 표현력의 한계를 시험하고자 했던 만큼 신중해야 한다.

비구름과 그 사이로 내려오는 햇빛을 들려주자.

스칼라가 침을 삼켰다.

'귀가 좋아지긴 하네.'

듣지 못했던 소리들이 들리니 좋긴 하지만 앞이 안 보이니 답답하다.

연주를 마쳤다.

"어때?"

"……이건 누가 만든 곡이지?"

"내가."

"거짓말하지 마라. 너 같은 어린애가 만들 수 있는 곡이 아니야."

'이걸 확 들이박을 수도 없고.'

아마 키가 작아서 어린애라 하는 것 같은데 앞만 보였다면 당장에 엉덩이를 걷어차 주었을 거다.

"믿든 안 믿든 상관없어. 이 곡은 찰스 브라움이라는 바이올리니스트를 악단에 들이려고 만든 곡이야."

"……악단?"

"그래."

"여러 명이 함께 연주하는 단체 말이냐."

반응이 조금 이상하다.

마을 전체가 음악에 미친 이곳 사람이 오케스트라를 모르다니.

'혹시.'

생각해 보니 그리 무리도 아닌 듯.

빈에 머물던 당시 테메스와 지금의 테메스는 다를 수밖에 없다.

외부와의 정보 교류가 없는 상태에서 백 년 이상 세대가 교체되었으니 개념적으로는 알고 있어도 한 번도 경험해 보지 못했을 것이다.

더욱이 현악기만 있는 이곳에서 완편 오케스트라를 이룰 수도 없을 테고.

"자, 자세히 말해봐라. 악단이란 곳에선 어떤 연주를 하지?"

'요거 봐라.'

잘 구슬리면 쉽게 넘어올 것 같다.

고개를 저었다.

"약속은 지켜야지. 바라던 대로 네가 모르는 곡을 들려줬으니 네 차례야. 오케스트라에 대한 건 그 뒤에 알려줄게."

"한 번만 듣고 어떻게 바로 연주하란 말이냐."

"못 해?"

"너는 할 수 있다는 말처럼 들리는군!"

녀석이 처음 연주했던 곡을 바이올린으로 들려주자.

한참 가만히 있던 녀석이 후다닥 뛰쳐나갔다.

"야, 야! 어디 가!"

♪

"껄껄. 요즘 마을 사람들이 당신 덕분에 즐거워하고 있소."

"마찬가지예요."

이틀이 더 지나고 방문한 촌장의 목소리가 무척 밝았다.

이들에게 내 음악은 무척이나 신비롭고 신선하게 받아들여지는 듯한데 그건 나로서도 마찬가지였다.

특히나 스칼라라는 녀석의 하프에는 영감을 받아서 언젠가 한 번쯤 하프를 익혀 보고 싶다고 생각할 정도였다.

나름 만족스러운 생활이지만 그렇다고 마냥 넋 놓고 있을 수만은 없다.

가족과 동료들이 기다리고 있고.

아직 해야 할 일이 태산처럼 남아 있기에 얀에게 촌장 칼과의 자리를 마련해 달라고 부탁했었다.

"그래, 무슨 일이오?"

"아마 이곳으로 절 찾으려는 사람들이 올 거예요."

"……."

촌장이 숨을 길게 내쉬었다.

"정확한 시간은 알 수 없지만 모르긴 해도 생각보다 빠를 거예요. 구조대 규모가 한두 명이 아닐 테니까요."

유난스러운 할아버지라면 정말 WH의 모든 역량을 발휘하고 있을지도 모른다.

더군다나 내가 자국 영토에서 실종되었으니 네팔 정부에서도 여론의 눈치를 보게 될 터.

국가적 차원에서 움직이고 있을 게 뻔하다.

"흐음."

앞을 볼 수는 없지만 촌장 칼의 반응은 그리 좋지 않았다. 내 말을 믿지 못하는 것이다.

"믿으셔야 해요."

이들을 위한 길이다.

"우리는 이곳에서 백 년을 조용히 지냈소. 쉽게 발견될 만한 곳도 아니고."

"수백, 어쩌면 수천 명이 조사하고 있어요. 발견되지 않을 리 없어요."

나를 아는 사람은 당연하게 여길 일이지만 이들에게는 사람 한 명 찾자고 수백, 수천 명이 움직이는 게 선뜻 믿기 힘들 것이다.

그렇기에 더욱 힘주어 말했다.

칼은 잠시 고민하더니 낮은 목소리로 말했다.

"진심으로군."

"도시로 데려가 주세요. 이 마을이 왜 숨어 살고 있는지는 모르지만 당신들이 그걸 바란다면 망치고 싶지 않아요."

칼은 내 곁에 앉은 채 꽤 많은 시간을 한숨을 내쉬며 보냈다.

그가 충분히 고민하고 있다고 생각해 불필요한 말을 더하지는 않았다.

"……우리에 대해 함구한다는 약속. 할 수 있겠나?"

평생 테메스를 찾았던 아버지가 마음에 걸린다.

그러나 이들이 숨어 살기를 바란다면 강제로 들추는 게 옳은 일일까.

답은 정해져 있다.

"그럴게요."

"자네의 영혼을 믿네."

옷 쓸리는 소리가 나서 서둘러 입을 열었다.

"하나 더."

"무엇인가."

"당신들에 대해 알고 싶어요. 어떻게 그런 힘을 가질 수 있었는지, 왜 유럽을 떠나 이곳에 정착하게 되었는지. 가능하다면 제 눈을 고치고 싶어요."

잠시 간격을 두고 촌장이 다시 자리에 앉았다.

"허허. 이만큼 뻔뻔하면 도리어 웃음이 나오는군."

그의 목소리에서 적의는 느낄 수 없다.

"그러나 차라리 솔직하게 물어오니 안심이오. 다른 생각을 하는 것 같진 않으니."

"그럼."

"말해줄 수 없다는 것에는 변함이 없소. 자네는 우리에 대해 이미 너무 잘 알고 있으니."

♪

　테메스족의 지도자 칼은 마을 사람들을 모아두고 배도빈이
란 남자를 어떻게 다룰지 의견을 물었다.

　조심스럽게 던진 돌려보내자는 말에 반박하는 사람이 대부
분이었다.

　"그건 안 됩니다. 그는 이미 우리에 대해 너무 잘 알고 있어
요. 돌려보냈다간 분명 문제가 생길 겁니다."

　"선조들의 격언을 잊어선 안 됩니다. 바깥사람들은 분명 또
저희를 이용하려 들 거예요."

　"그는 비록 외부인이지만 우리의 말을 알고 또 뛰어난 음악가
예요. 결혼을 시키고 이곳에 정착하게 하는 게 좋을 것 같아요."

　"하지만 그는 자신을 찾아 바깥사람들이 이곳에 찾아온다
고 했어요."

　"그런 거 거짓말이 당연하잖아. 사람 한 명 찾는다고 수천
명 움직인다는 게 말이 되냐고."

　"그가 연주하는 바이올린을 듣고도 그런 말을 하는 거예요? 그
의 영혼은 고결하고 순수해요. 거짓말을 할 사람이 아니에요."

　"그의 말이 사실이라면요?"

　"그를 내보내도 결과는 똑같아."

많은 이야기가 오가는 중에 유독 스칼라만이 입을 다물고 있었다.

촌장 칼은 스칼라를 향해 물었다.

"스칼라, 너는 어찌 생각하느냐."

"……."

"스칼라."

"아, 네?"

"그를 어찌해야 하냐고 물었다."

"……모르겠어요."

그렇게 답한 스칼라는 다시 배도빈을 떠올렸다.

마을 최고의 연주자인 스칼라에게 있어 배도빈은 너무도 가슴 벅찬 존재였다.

그의 손끝에서는 아름다운 멜로디가 끊임없이 펼쳐졌고 그의 입에서는 여러 악기, 오케스트라, 무대, CD, 디지털 스트리밍과 같이 설레는 이야기가 계속되었다.

그가 말하는 여러 음악가의 연주도 직접 듣고 싶었다.

특히나 오케스트라.

백 명이 넘는 연주자들이 각기 다른 악기를 다뤄 하나의 곡을 연주하는 느낌이 대체 무엇인지.

스칼라는 너무도 알고 싶었다.

마을의 규율이 없었더라면 그는 당장 배도빈을 업고 산을 내려갔을 것이었다.

스칼라가 그런 생각을 하는 와중에도 이야기는 점점 배도빈을 내보내면 안 된다는 의견으로 기울었다.

"오늘은 여기까지 하지."

촌장 칼의 말에 마을 사람들이 각자의 집으로 돌아갔고.

"스칼라, 너는 남아 나를 돕거라."

"네."

칼이 손자 스칼라를 자신의 방으로 이끌었다.

방에 들어온 두 사람은 화톳불을 가운데에 놓고 마주 앉았다. 칼이 아무 말 없었기에 스칼라는 의아해하며 물었다.

"뭐 할까요?"

"요즘 그 소년을 보러 다니더구나."

"네……. 무, 무슨 짓을 할 줄 모르니 감시하는 겸 다니고 있어요."

"정말이냐?"

"그럼요."

"얀은 네가 즐거워 보인다고 하던데."

스칼라는 속으로 쓸데없는 말을 했다며 얀을 탓했다.

"밖으로 가고 싶은 게냐."

할아버지의 말에 스칼라가 깜짝 놀라 고개를 들었다. 세차게 고개를 저으며 부정했지만 칼의 눈에는 나가고 싶다고 말하는 것처럼 보였다.

"감추지 마라. 우린 서로에게 단 하나뿐인 가족이 아니더냐."

"……."

"그 소년이 무슨 말을 하더냐."

머뭇거리는 손자를 보며 칼이 먼저 입을 뗐다.

"한 악단의 지휘자라 하더구나. 베를린 필하모닉이라 했지."

"믿을 수 없어요. 100명이 넘는 연주자들이 모여 연주를 한다니. 그들이 연주를 하면 수백만 명이 듣는대요. 거짓말쟁이예요."

스칼라의 말은 조금씩 빨라졌다.

"그들은 하프 줄을 금속으로 쓴다고 했어요. 장치를 달아 반음을 다룰 수 있다는 거짓말을 했고 소리를 저장해서 언제든지 다시 들을 수 있다고 했어요. 입에 발린 거짓말이 틀림없어요."

부정하고 있는 태도와 달리, 그의 눈은 빛나고 있었다.

칼은 스칼라의 눈에서 시선을 떼지 않았다.

"나중에는 큰 배에 사람들을 태우고 전 세계를 누비며 연주한대요. 수천 명이 탈 수 있는 배 따위가 있을 리가 없잖아요."

"가고 싶구나."

칼이 다시금 물었고 스칼라는 답하지 못했다.

"내가 죽으면 네가 이 마을을 이끌어야 한단다."

"……알아요."

"하지만 동시에 테메스 신의 뜻을 이뤄야 할 사명도 갖고 있지."

칼은 어느새 장성한 스칼라를 바라보며 과거를 떠올렸다.

걷기 시작했을 때부터 하프를 곁에 두고 자던 스칼라는 마을 최고의 연주자가 되었다.

모든 이가 테메스 신을 위로할 이로 여겼다.

그러나 스칼라는 더 발전할 수 없었고 그것에 고뇌하고 있었다.

마을 사람들의 기대는 스칼라에게 압박이었고 칼은 스스로 더 나아가지 못해 괴로워하는 손자를 안타깝게 여길 뿐이었다.

그런데.

배도빈이 마을에 온 뒤로 스칼라의 얼굴이 밝아졌다.

"네 얼굴이 참으로 밝더구나."

매일 새로운 음악을 접하고 놀라며 즐거워하는 모습에 할아버지는 손자가 있어야 할 곳이 이곳이 아님을 느끼고 있었다.

"할아버지."

"스칼라, 그와 함께 나가서 더 큰 세상을 배우거라. 그래서 테메스 신이 만족할 만한 연주를 하게 된다면 네 역할은 다한 것이다."

"할아버지!"

"그는 믿을 수 있다. 그의 바이올린을 들으면 그가 얼마나 순결한지 알 수 있어."

"싫어요."

"테메스 신을 볼 때까지 돌아올 생각은 하지 마라."

칼의 단호한 말과 곧은 시선을 접한 스칼라는 한순간 말을 잃은 뒤.

눈물과 함께 할아버지를 끌어안았다.

자고 있는데 누군가 날 툭툭 건드렸다.

짜증을 내며 일어났더니 스칼라가 귀에다 입을 가져다 댔다.

입김 때문에 소름이 돋아버렸다.

"무슨 짓이야!"

"쉿!"

"떨어져! 작게 말해도 들리니까!"

"조용히 하라고!"

무슨 일인가 싶어 일단 가만있었더니 녀석이 내 팔을 들어 올렸다.

화들짝 놀라 손을 빼내니 등을 때려 이성을 잃기 일보 직전, 녀석이 반가운 이야기를 꺼냈다.

"도시로 데리고 가 달라며. 가만히 좀 있어."

그런 거라면 미리 말을 해야지.

순순히 녀석이 입혀주는 옷을 입었다. 거친 털이 느껴지는 두툼한 옷이다.

"따라와."

녀석이 내 팔목을 붙잡고 천천히 걷기 시작했다.

중간에 돌부리에 걸려 넘어질 뻔한 것을 스칼라를 붙잡고 늘어지니 녀석이 소리를 질렀다.

"조용히 하라더니."

"너 같으면 안 놀라겠어?"

그렇게 한참.

체감으로 30분쯤 걸어가니 발소리가 울리고 바람이 멎었다.

동굴이나 어떤 건물에 들어온 듯한데 이내 촌장 칼의 목소리가 들렸다.

"어서 오시오."

"네."

"스칼라, 올 때 들키지는 않았느냐."

"……."

"……."

그 난리를 해놨으니 나도 녀석도 차마 조용히 왔다고 말하진 못했다.

칼이 한숨을 푹 내쉬더니 다시 입을 열었다.

"스칼라에게 이야기는 들었을 테고. 조건이 있소."

"얼마든지요."

"우리에 대한 비밀을 지킬 것."

고개를 끄덕였다.

"스칼라를 데려갈 것."

정말 의외라 고개를 뒤로 빼자 칼이 말을 덧붙였다.

"그대의 영혼을 믿고 부탁하오. 스칼라가 더 넓은 세상에서 음악을 할 수 있게 도와주시오."

이쪽에서 바라던 바다.

베를린 필하모닉에 앉혀다가 전 세계를 누비는 해상 오케스트라에 취직시켜줄 거다.

그의 수준과 상응하는 보수도 원하는 분야에 대한 교육도 지원해 줄 생각이다.

그리고 멋진 무대를 위해 열심히 하프를 켜야겠지.

"그럼요."

"……할아버지, 역시 안 되겠어요. 너무 쉽게 대답하잖아요."

"아니. 그의 목소리는 흔들리지 않았다."

나이 먹은 사람들끼리 통하는 말이지만 연륜이 그냥 쌓이진 않는다.

"그리해준다면 그대가 원하는 걸 들려주겠소."

생각보다 일이 너무 잘 진행되어 그간 답답했던 기분이 조금은 가셨다.

"문제없어요."

"……이야기가 길어질 테니 앉도록 하시오."

주춤거리며 주변을 더듬으니 스칼라가 의자로 인도해 주었다.

갑작스러운 만남과 수수께끼 같은 상황 속에서 칼의 무거운 입이 마침내 떨어졌다.

"테메스 신은 소리의 신. 우리는 그분을 모셔 왔소. 선조들은 브리튼에서 번성했지. 그러나 로마 제국의 침략으로 터전을 잃고 떠돌던 선조들께서는 합스부르크 왕가의 영토에 자리 잡으셨소. 빈이라고 하던데, 당대 음악가들은 모두 그 근처에 있었다고 하오."

아버지께 들은 그대로다.

"오랜 유목 생활로 규모는 줄었지만 합스부르크 왕가의 도움으로 그나마 전쟁터에 끌려가진 않아도 되었소."

"그게 무슨."

"치료의 힘 때문이오."

……알 것 같다.

가장 안전한 곳에서 수천, 수만, 수백만 명의 목숨을 앗아가 버리는 빌어먹을 전쟁광들이 이들의 힘을 가만히 둘 리가 없었다.

아주 작은 힘이라도 일부 부상병을 다시 전투 가능한 상태로 만들려고 했을 것이다.

테메스인들을 이용해 말이다.

"그러나 그것도 오래 가진 않았지. 유럽에 큰 전쟁이 터졌고 오스트리아에서는 테메스인을 찾아 강제로 징병하였소. 대부분 죽고 남은 무리는 간신히 유럽을 떠나 아무도 찾을 수 없는 이곳에 자리하게 되었소. 우리가 걱정하는 것은 역사의 반복이오."

말하는 것을 보아 아마도 제1차 세계대전 부근인 듯하다.

'생각보다 최근 일이네.'

"더는 이용당하며 살 순 없소. 우리는 그저 테메스 신을 위해 기도하며 우리 삶을 영위하고 싶을 뿐이오."

이들과 같은 경험은 아니지만.

테메스인들의 한을 조금이나마 이해할 수 있었다.

나 역시 아돌프 히틀러라는 정신 나간 짐승 새끼가 내 곡을 체제선전용으로 쓴 것에 분노했으니까.

나 루트비히를 독일인의 위대함을 상징하는 인물로 내세워 행한 그 개짓거리를 용서할 수 없었다.

그 거짓에 선동되어 전쟁터에서 죽어간 수백만 명을 생각하면 자다가도 분통이 터졌다.

사람을 위로하기 위한 음악이.

사람을 이용하고 죽이는 데 사용되는 게 얼마나 끔찍한 일인지 알았기에 고개를 끄덕였다.

"이제 상황을 이해하셨소?"

"네."

"……그럼 남은 건 시험뿐이오."

"시험?"

"나는 당신을 믿지만 내 감만으로 당신을 보내줄 순 없다는 입장이오. 이해하리라 믿소."

고개를 끄덕였다.

"그러니 테메스 신께 도움을 청할 것이오."

칼은 마치 테메스가 정말 존재하는 것처럼 말했다.

그러나 종교적 의식절차일 것이 뻔해 순순히 들어주기로 하며 일어서자 칼이 내 어깨를 잡아 방향을 잡아주었다.

"앞으로 곧장 걸어가시오."

"그러고요?"

"일을 마치고 돌아오면 된다오."

대체 내 진심을 무엇으로 확인한다는 건지 알 수 없지만 나와 그들을 위해서라도 이곳에서 나가야 하니 시키는 대로 걷기 시작했다.

'허.'

신기하다.

분명 동굴일 텐데 어디론가 들어오는 바람이 묘한 소리로 화음을 이룬다.

마치 음악처럼.

걸어 들어갈수록 멜로디는 선명해져 정말 누군가의 의도가 아닐까 싶은 훌륭한 음악이 귀를 즐겁게 했다.

'따뜻하다.'

이렇게 포근한 소리가 또 있을까.

자연의 노래를 들으며 슬며시 듣는데, 그간 얌전했던 놈이 발광하기 시작했다.

워낙 오랜만에 '보는' 거라 깜짝 놀라고 말았다.

지금까지 치워두면 얌전했던 '신의 장난'이 말을 듣지 않고 여러 문장을 보여주기 시작했고.

'뭐야, 대체.'

당황한 나머지 그것들을 치우려 고개를 흔들자.

순간 바람 소리가 멈췄고.

시끄럽게 울리던 '신의 장난'도 사라진 끝에.

똑- 똑-

다시금 물방울이 떨어지는 소리가 났다.

'방금 뭐였지.'

심상치 않아 돌아갈까 생각하던 중, 불어오는 바람이 물방울 소리와 어울렸다.

그러고 있자니.

마음이 이끌려 그 소리를 놓치고 싶지 않았다.

완벽한 음악.

더할 나위 없이 훌륭한 음악이다.

그때.

다시금 눈앞에 '문장'이 떠올랐다.

[상실한 시각을 회복합니다.]
[있어야 할 곳으로 속히 돌아가기를 권장합니다.]
[기다리고 있습니다.]

어이가 없어 말이 안 나온다.

'뭐야.'

감히 내 능력을 재단했고 건방지게 누굴 돕는다고 하여 처박아 두었거늘.

생각 없이 '신의 장난'이라 불렀던 애물단지가 정말 눈을 뜨게 해준 것 같다.

몇 번을 반복해 눈을 감았다 떠도.

눈을 비비고 주변을 둘러봐도 선명하게 보인다.

'너 뭐야.'

부르지 않을 때는 잘만 나오더니 이번에는 답이 없다.

있어야 할 곳으로 돌아가라는 말과 기다리겠다는 말이 계속해서 머릿속에 떠돌았다.

몇 번을 더 불러봤지만 여전히 반응은 없다.

'……돌아가는 것부터 생각하자.'

이런다고 해결될 문제가 아닌 것 같고 언젠가는 알 수 있을 테니 지금은 돌아가는 게 우선이다.

'많이 기다리겠지.'

발을 재촉해 지나온 길로 돌아가자 곧 칼과 스칼라가 보였다.

칼은 예상대로 인자해 보이는 노인이었고 스칼라는 스무 살 정도로 보였다.

두 사람 다 머리를 땋아 옆으로 내리고 있었는데 아마 테메스인들의 풍습인 듯하다.

푸른 눈과 옅은 갈색 머리.

아시아인과는 확연히 다른 외관이 유럽인을 조상으로 두고 있다는 걸 말해주었다.

"오래 걸렸군. 그래, 무엇을 느꼈는가."

천천히 일어나 돌아선 칼이 깜짝 놀랐다. 스칼라 역시 마찬가지.

"누, 눈이."

"어찌된 건가?"

답하고 싶어도 설명할 길이 없다.

"모르겠어요."

숨기는 것도 거짓도 없었지만 두 사람은 받아들이기 힘든 모양이다.

나조차 이해할 수 없거늘.

큰 상처를 입고 실명해 눈조차 못 뜨던 사람이 잠깐 사이에 멀쩡하게 돌아다니니 이들이 아니라 누구라도 놀랄 것이다.

계속 이야기해 봐야 이해시킬 수도 없을 듯해 화제를 바꾸었다.

"신기하더라고요. 동굴 틈새랑 떨어지는 물방울 소리가 음악처럼 들리는 게."

나를 유심히 살피던 칼이 고개를 끄덕였다.

"아무래도 테메스 신의 목소리를 들은 것 같군."

또 종교적인 말이다.

"바람과 물소리를 통해 테메스 신과 닿은 것이오. 당신의 눈이 그 증거. 신의 사랑을 받는 사람일수록 그 소리를 온전히 받아들일 수 있는 법이오."

듣는 사람마다 다르게 들린다는 뜻인가.

"그대가 들은 소리를 들려줄 수 있소?"

칼이 동굴 한쪽을 가리켰다.

그의 손을 따라 시선을 옮기자 낯선 바이올린이 놓여 있었다.

손에 쥔 순간 칼이 그간 빌려주었던 바이올린이라는 걸 깨닫고는 미안한 마음에 쓱쓱 문질러주었다.

어디서부터 시작해야 할까.

시작과 끝이 없어 적당히 바람과 물의 소리를 연주하기 시작했다.

들을 때도 느꼈지만 정말 완벽한 구성이 아닐 수 없다.

이들은 신의 목소리라 하지만 그도 그럴 것이 자연이 이러한 멜로디를 가질 수 있다니.

참으로 놀랍다.

10분쯤 연주했을까.

끝이 없을 듯해 활을 내리자 칼과 스칼라가 넋을 놓고 있었다.

눈을 깜빡이고 입을 벌린 채 다물지 못했다.

"어, 어떻게."

"이럴 수가……."

칼이 내 손을 부여잡고 위아래로 흔들었다.

"내가 아는 한 이렇게까지 신의 목소리를 길게 들은 사람은 없었소. 당신은 실로 신께 사랑받는 사람이오. 그 큰 상처가 나은 기적을 받을 만하오."

조금 당황스럽다.

칼이 정말로 행복해 보였기 때문이다.

"테메스 신의 이야기를 들려주어 고맙소. 정말 고맙소."

그렇게까지 놀랄 일인가 싶었는데.

생각해 보면 그럴 수도 있겠다.

물방울 떨어지는 소리야 그렇다 쳐도 바람 소리는 간간이 시력을 잃은 뒤 발달한 내 귀로도 제대로 듣기 힘들었다.

아마 어지간한 사람이라면 중간에 자연의 소리, 아니, 테메스의 목소리가 끊겨 들리지 않았을 터다.

이들은 이 동굴에서 나는 소리를 얼마나 깊이, 자세히 들을 수 있는지를 '신에게 사랑받는' 일로 여기는 듯하다.

'전화위복인가.'

어쨌든 우선은 믿어준다고 하니 다행.

스칼라가 보따리를 챙겼다.

하나가 더 있었는데 내게 넘기고는 어떻게 묶는 건지 시범을 보였다.

"이렇게 해."

"잘 안 되는데?"

"줘 봐."

녀석이 내 등 뒤로 손을 뻗어 천을 가져 나왔고 가슴팍 부근에서 묶어주었다.

"나쁘지 않네."

"그래."

지금까지의 틱틱 대던 모습과 다른 느낌이다.

"뭘 그렇게 봐? 자, 신발."

"이걸로도 괜찮은데."

"그런 걸로는 산 못 내려가."

방금 연주 때문인 듯.

순순해진 녀석과 함께 칼과 인사를 나누고 걷기 시작했다.

아직 해가 뜨기 전.

어둠이 푸르스름하게 걷힐 즈음이다.

테메스인들을 만난 것도.

또 그들의 음악을 알게 된 것과 지금껏 내가 듣지 못했던 소리를 들을 수 있게 된 점.

멋진 노예를 맞이한 것.

또.

'……너 대체 뭐 하는 놈이냐.'

크게 생각하지 않았던 '신의 장난'에 대해 다시금 생각하게 된 것까지 정신없는 여정도 이제 끝이다.

전 세계에 클래식 음악 열풍을 일으키고 OOTY 오케스트라 대전에서 정점에 오른 천재 음악가가 실종된 지 5주째.

인류는 크나큰 상실감을 이겨내지 못하고 있었다.

여러 매체에서는 연일 구조 활동에 대해 보도했지만 사망 확인자는 늘어만 갔다.

WH그룹은 유가족들에게 최대한 예우를 갖추어 보상하였고 기적적으로 생존한 네 사람에게는 그들이 하루빨리 본래 생활로 돌아갈 수 있도록 여러 방면에서 지원했다.

도빈 재단은 베를린으로 가야 했던 배도빈의 비행기가 왜 네팔 상공에서 추락했는지도 해명해야 했다.

덕분에 전 세계 개발도상국을 상대로 자선 사업을 펼친 도빈 재단은 인도에서도 사업을 펼쳤고, 배도빈이 격려차 방문하던 과정에서 생긴 사고였음이 밝혀졌다.

그러나 모든 탑승 인원에 대한 조사가 마무리되었음에도 배도빈만큼은 찾을 수 없었다.

그의 가족과 가까운 인물들은 비탄의 늪에 빠져 있었다.

"여기까지."

눈에 띄게 쇠약해진 푸르트벵글러가 연습실을 벗어나자 단원들이 한숨을 내쉬었다.

유쾌했던 베를린 필하모닉은 이제 대화조차 거의 나누지 않았는데 그중에는 푸르트벵글러와 같이 식음조차 제대로 못하는 이도 있었다.

이제 정말.

전 세계로부터 인정받아 영광의 무대만이 남았다고 생각했거늘.

배도빈이 살아 있을 거라는 희망은 시간이 흐름에 따라 점점 흐려지고 있었다.

몇몇 언론과 팬들 사이에서는 이미 죽은 건 아닌가 하는 이야기가 조심스레 올라왔고.

배도빈의 주변 인물 모두 그러한 말을 헛소리로 치부했지만 조금씩 느끼고 있었다.

비행기 추락 후 히말라야의 가혹한 환경 속에서 5주간 생존하길 바란다는 것은 기적을 좇는 일이었다.

특히나 최지훈의 경우에는 상태가 심각했다.

가족을 제외하고 배도빈과 가장 가까운 사람이었기에 많은 기자가 그와 인터뷰를 나누기 위해 매일 집 앞에 진을 치고 그를 괴롭혔다.

오늘도 마찬가지.

자택에서 차채은과 만나기로 하고 귀가한 최지훈에게 기자 중 한 명이 말실수하고 말았다.

"베를린 필하모닉에 합류한다는 소문이 있는데, 배도빈 씨의 사망이 거의 확실시 되는 지금도 변함없으십니까?"

우뚝.

최지훈이 걸음을 멈추었다.

자택 앞에서 기자들에게 둘러싸여 질문을 받은 최지훈은 인터뷰를 시도한 기자를 노려보았다.

그 눈빛은 명백한 적의였다.

천진난만한 미소와 귀공자 같은 외모로 많은 팬을 보유하고 있던 그의 이미지와는 전혀 다른 모습이었다.

차갑게.

마치 맹수가 먹이를 노려보는 듯한 눈빛에 주변 분위기가 가라앉았다.

질문을 해대던 기자들도 심상치 않은 반응에 주춤거릴 수밖에 없었다.

최지훈은 시선을 고정한 채 앞으로 나섰고 기자를 싸늘하게 내려다보았다.

"……댄 브라운."

최지훈이 댄 브라운 기자의 사원증을 보며 천천히 입을 열었다.

단지 이름을 불렀을 뿐이었지만 댄 브라운은 사색이 되었다.

지독하게 차가운 최지훈의 눈빛이 그의 아버지를 떠올리게 했기 때문이었다.

마치 포식자를 눈앞에 둔 작은 짐승처럼, 댄 브라운은 그 자리에서 얼어붙고 말았다.

'아으으.'

세계적 기업 EI그룹의 가장 큰 힘을 지닌 EI전자의 사장직을 맡다가 지금은 6개월 만에 인터플레이를 누르고 전 유럽 시장의 4할을 차지해 버린 JH의 총수 최우철.

굳이 경제를 다루는 기자가 아니더라도 최우철이 어떤 인간인지 모르는 이는 없었다.

마음만 먹으면 무슨 일이든 할 수 있었기에 댄 브라운은 저도 모르게 조금씩 뒷걸음질 쳤다.

그 모습을 보던 최지훈이 주변을 둘러보며 경고했다.

섣부른, 어설픈 협박은 하지 않았다.

단지 기자들과 눈을 마주하는 것만으로도 충분했다.

그들이 헛소리하지 못하게.

주제를 깨우쳐 주었다.

그렇게 주변이 조용해지자 최지훈은 뒤도 돌아보지 않고 앞으로 나섰고 길을 막아서고 있었던 기자들은 황급히 물러서 길을 터버렸다.

쾅!

최지훈이 자택으로 들어가자 기자들은 그제야 얼어붙었던 입을 뗄 수 있었다.

"……최지훈 맞아?"

"눈 한번 살벌하네."

"형제처럼 지낸다고 했으니까. 예민하겠지. 후우. 인터뷰 못 따면 들어오지 말라 했는데. 이제 어떻게 하나?"

한편 집으로 들어온 최지훈은 재킷을 벗어 던지고는 머리를 감쌌다.

필사적으로 참아내긴 했지만 감정을 주체하기 벅찼다.

'안 돼.'

입을 함부로 놀린 댄 브라운의 얼굴을 짓이겨버리고 싶은 충동을 간신히 참아냈다.

생전 처음으로 사람을 때리고 싶다고 생각했기에 최지훈은 찬물을 들이켜곤 눈을 감았다.

세수하고.

자신의 방으로 들어가기 전 숨을 고르고는 얼굴 가득 미소를 지었다.

복도에서도 들릴 정도로.

서럽게 우는 친구를 달래기 위함이었다.

"끄어어억어엉."

주저앉은 채 오열하는 차채은에게 다가간 최지훈이 그녀를 꽉 안았다. 등을 쓸어내리자 그제야 조금씩 진정했다.

"괜찮아. 괜찮아."

"헙. 허어어어엉."

"도빈이 괜찮을 거야."

"그 새끼들이. 끄읍! 그 새끼들이 자꾸 오빠 죽었다고오!"

"안 죽었어. 다 헛소리야."

차채은 역시 기자들의 타깃이었고 16살의 소녀가 감당키에는 너무나 가혹한 상황이었다.

최지훈과 차채은 두 사람 모두 너무나 슬펐지만 차마 배영준, 유진희, 배도진 앞에서 울 수는 없었기에 두 사람은 서로에게 기대 간신히 버티고 있었다.

"진짜 싫어! 다 죽었으면 좋겠어. 제발. 흐어어엉."

차채은의 등을 쓸어내리던 최지훈도 같은 생각이었다.

남의 불행에 '알 권리'를 들먹여 자신의 포트폴리오로 삼으려는 악질들은 사실 이외의 화제성을 얻고자 주변인들을 괴롭혔다.

배도빈 일가의 저택은 WH의 사설 경호팀이 붙어 24시간 기자들의 접근을 막았는데.

그것이 첫째를 잃은 가족의 상처를 더욱 비틀었다.

최지훈은 당장에라도 찾아가 어머니와 도진이를 위로하고 싶었지만 그것이 또 화제가 되어 기자, 아니, 쓰레기들이 날뛸 것이 두려웠다.

'도빈아.'

그리고 형제를 잃는 것이 더욱 두려웠다.

한편.

배도빈 일가의 저택은 우울하기 그지없었다.

둘째를 보살펴야 한다는 생각으로 겨우 이성을 잡은 유진희는 하루하루 위태로웠다.

아들을 찾아 나선 남편마저 잘못되는 건 아닌가 하는 생각마저 들어 배도진이 없었더라면 정신을 온전히 유지할 수 없었다.

그런 상황에서 함께 살고 있던 왕소소와 나윤희, 진달래 그리고 이웃인 이승희는 큰 힘이 되어주었다.

그들 역시 사무치게 괴로웠지만.

아들과 형을 잃은 두 사람이 가장 힘들 것을 알았기에 자리를 지켜주었다.

게을렀던 왕소소가 집안일을 살폈고 진달래는 배도진을 돌봐 유진희가 그나마 잠깐이라도 쉴 수 있게 도왔다.

식음을 전폐한 유진희는 너무나 약해졌고 나윤희는 그녀가 조금이라도 쉴 수 있게 최선을 다해 그녀와 저택 구성원들을 돌봤다.

그렇게.

남은 사람이 서로를 의지해 버티는 동안에도 슬픔은 더욱 커져만 갔다.

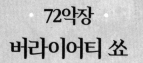

· 72악장 ·
버라이어티 쑈

"헉. 허억. 헉."

이 몸이 확실히 약하긴 하다.

운동이라고는 전혀 하지 않은 탓에 반나절쯤 걸으니 다리가 후들거려 더는 걷지 못할 것 같았다.

앞서서 성큼성큼 걸어가는 스칼라를 불러 세웠다.

"조금 더 가서 쉬어. 서둘러야 한다고 했잖아."

옳은 말이라 억지로 발을 옮겼고 몇 번을 더 걷고 쉬길 반복한 끝에 겨우 작은 마을에 도착할 수 있었다.

"이제 어쩌지?"

"따라와."

가장 빠른 방법은 핸드폰을 충전해서 할아버지께 전화를

거는 거겠지만 나도 스칼라도 네팔 사람과 대화가 안 되니 어쩔 수 없이 관공서를 찾았다.

작은 마을이라 금방 주민센터 같은 느낌의 건물을 찾을 수 있었다.

"시선이 끌리는 것 같은데."

스칼라의 말대로 다들 나를 곁눈질로 또는 대놓고 보았는데 다행히 이들에게도 '어디서 본 것 같은데' 같은 느낌인 듯하다.

"무슨 일로 오셨습니까?"

네팔 사람의 말은 이해할 수 없다.

뭔가 왜 왔냐는 질문일 텐데 알아보길 바라며 신분증을 꺼내 보여주었다.

처음에는 안경을 올렸다가 내렸다가 하며 내 신분증을 살피던 직원이 내 얼굴을 보더니 사색이 되어 소리쳤다.

"웨, 웨이뚜! 웨이뚜!"

기다리란 말을 하며 후다닥 안쪽으로 뛰어갔다.

"왜 저러는 거지?"

"곧 있으면 알겠지."

예상대로 곧 이곳의 책임자 같은 사람이 헐레벌떡 뛰어왔다.

다행히 영어를 할 줄 아는 사람이다.

"처, 처음 뵙겠습니다. 전 이곳의 의장 올리라고 합니다."

"배도빈입니다."

악수를 나누었다.

"살아계셔서 정말 다행입니다."

"다행이죠. 아마 주변에 WH나 구조대가 머물고 있을 텐데 그쪽에 연락 좀 해주세요."

"예, 예. 바로 연락하겠습니다."

남자가 직원에게 소리쳐 무엇인가를 전했다.

"이, 이런 곳에 계실 게 아니라 제 방으로 가시죠."

"여기도 괜찮아요."

"그, 그러십니까."

목이 타 물을 부탁하자 직접 가져다준다.

의장이 정확히 뭐 하는 사람인지 모르겠지만 아마 우리나라의 동장 정도이지 않을까 싶다.

'애초에 시스템이 전혀 다른 거 같으니 비교할 순 없겠지.'

아무튼 제법 직위를 갖춘 사람이 직원들을 시켜도 되는 일을 마다하지 않고 직접 나서주니 친절한 사람인 듯싶다.

이제 되었다는 생각에 여유롭게 앉아 있는데 1시간쯤 흐르니 조금 짜증이 났다.

오라는 WH는 안 오고 시장이라는 놈을 비롯해 지역 유지라는 별별 인간이 다 찾아와 반갑지도 않은 인사들을 해댔다.

그들 딴에는 나름 생각해서 먹을 거나 소파를 가져다주었는데 그럭저럭한 수준이었다.

나와 같이 그들이 준 '그럭저럭 소파'에 앉아 음료를 받아 든 스칼라가 오만상을 쓰며 물었다.

"너 대체 정체가 뭐냐?"

"배도빈."

스칼라가 더욱 인상을 썼지만 이보다 나를 더 잘 표현할 단어는 없다.

"시장님."

"네, 네."

"WH에는 연락했겠죠?"

"무, 물론입니다. 저기…… 급하실 테니 저희가 공항까지 안내해 드리는 게 어떠실지."

'아.'

친절하다고 생각했던 이 인간들이 뭘 생각하는지 알 것 같다.

날 구조했다고 알리고 싶은 것 같은데 이해가 되면서도 짜증이 나기에 웃으며 말했다.

"핸드폰 좀 빌려야겠네요."

"예?"

대답하지 않고 손을 내밀자 시장이란 인간이 울상을 지으며 핸드폰을 꺼내주었다.

할아버지 번호를 누르자 곧장 받으셨다.

-도빈이냐!

"감 좋으시네요."

직통 번호라 그런지 바로 내 이름을 부르셨다.

-이 녀석아! 지금 농담할 때야! 어디야! 어? 핸드폰은 어디다 팔아먹었어! 몸은! 할애비 죽는 꼴 보고 싶어!

"하하하하하!"

나도 모르게 크게 웃어버렸다.

순식간에 여러 말을 쏟아내는 할아버지의 사랑이 전달되어 기뻤고 안심이 되었다.

시장에게 여기가 어딘지 물어 할아버지께 전달했다.

"기다리고 있으니까 빨리 와주세요."

-그래. 꼼짝 말고 있어라. 어!

화내는 듯이 말하는 할아버지의 목소리가 정겹다.

"네."

전화를 끊고 어머니 번호를 눌러 전화를 걸었다.

할아버지와 마찬가지로 로밍이 넘어가자마자 바로 받으셨는데 말씀은 없으셨다.

"어머니."

-흐끄으으흐으윽.

"······어머니."

-으흐윽. 도빈이니? 도빈이야?

너무나 서러운 목소리에 나도 모르게 목이 잠겼다.

"네. 할아버지하고 연락했으니 곧 돌아갈게요."

-아아아아. 도빈아, 도빈아아.

어머니께선 한참을 우셨다.

그 소리를 듣고 있자니 눈물을 참을 수 없어 한동안 말을 잇지 못했다.

-몸은? 다친 데는 없고? 밥은? 배고프지? 춥진 않았니? 지금 어디야? 응?

"괜찮아요. 다친 데 없고 밥도 잘 먹었어요. 춥긴 했는데 도와준 사람이 있었어요. 털 많은 옷도 빌렸고요. 시장님, 여기가 어디라 했죠?"

진정한 어머니께서는 이것저것 물으셨는데 얼마나 걱정하셨으면 이러실까 싶어 하나하나 대답해 드렸다.

그러고 있는데 또 듣고 싶었던 목소리를 들을 수 있었다.

-엄마?

-도진아, 이리 와봐. 빨리.

도진이가 통화하는 어머니 곁에 온 모양이다.

-⋯⋯형아?

녀석의 목소리가 한껏 떨렸다.

"엄마 말 잘 듣고 있었지?"

-끄으아아앙! 어디야아아! 빨리 와아!

어머니에 이어 도진이도 한참을 울어서 달래느라 고역이었다.

"그래. 형 빨리 갈 테니까 밥 잘 먹고 있어."

-끄허어엉끄읍헝.

대답을 안 하는 걸 보니 전화기를 들고 고개를 끄덕이고 있을 게 뻔하다.

영상 통화 세대라 그런지 곧잘 그랬으니까.

"어머니 바꿔줘."

도진이의 우는 소리가 멀어지고 어머니께서 전화를 받으셨다.

-그래, 도빈아.

"아버지한테도 전화할게요. 걱정하실 테니까. 어머니도 걱정 마시고 돌아가서 봬요."

-그래. 엄마 나가 있을게. 조심해서 와. 응?

"네."

통화를 끊고 아버지, 최지훈, 차채은, 나윤희, 히무라, 나카무라, 사카모토, 푸르트벵글러까지 통화를 마치고 나니 안절부절못하고 있는 시장을 볼 수 있었다.

배터리 정도야 다시 충전하면 되는데 뭐가 저리 걱정인지.

'그러고 보니 내 걸 충전해 달라고 할 걸 그랬네.'

번호를 기억하지 못해 전화를 못 한 이들도 있으니 생각을 잘못했다.

나도 경황이 없긴 없었던 것 같다.

쾅!

"내 새끼!"

"도빈아!"

그때.

흥분한 할아버지가 주민센터(인지는 모르겠지만) 문을 박차고 들어오셨는데 어찌나 힘이 좋은지 박살이 나고 말았다.

활짝 열린 문 뒤로 아버지와 수십 명의 사람이 들이닥쳤고.

흩날리는 사다리가 보였다.

하늘에서 떨어뜨린 것 같다.

'착륙도 안 하고 내려오신 거야?'

헬기가 나는 소리가 요란하게 울렸는데 그새를 못 기다리고 사다리로 내려오신 모양이다.

"아버지! 할아버웁!"

반가운 마음에 일어서자 아버지와 할아버지가 달려들어 얼굴과 몸을 떡 주무르듯 했다.

"도빈아, 도빈아!"

"이 녀석아! 할애비 놀라 죽게 할 셈이냐! 다친 덴. 아픈 덴!"

거구의 할아버지가 나를 끌어안고 아버지의 억센 손이 내 얼굴을 꽉 쥐어 숨이 막혔지만.

너무도 반가워 나도 한동안 그렇게 끌어안고 있었다.

"도빈아, 어떻게 된 거야. 응?"

테메스에 대한 일은 비밀로 하기로 했으니 적당히 이야기했다.

"정신을 잃었는데 저 친구가 구해줬어요. 바로 내려올 수 없어서 몸이 나은 뒤 내려왔고요."

깜짝 놀란 스칼라를 보며 이야기하자 아버지와 할아버지가 녀석에게 가 손을 꼭 쥐었다.

"고맙네. 참으로 고마워."

"도빈이 아빠입니다. 정말, 정말 고맙습니다."

스칼라는 놀란 미어캣처럼 고개를 돌리다가 감사를 전하는 할아버지와 아버지에게 고개를 숙였다.

'그나저나 쟤 말은 어떻게 하지.'

신분이야 할아버지께 부탁하면 뭐든 처리해 주실 테니 큰 걱정은 없지만 문제는 언어다.

나도 현대 독일어를 익히려고 영화를 수없이 보고도 이상하게 썼던 만큼 스칼라도 적응하려면 꽤 시간이 들 것이다.

"그래. 이러고 있을 게 아니라 돌아가자. 네 엄마랑 동생이 널 얼마나 보고 싶어 하는데."

"네. 아, 할아버지, 저 문."

"그래그래. 걱정 마라."

"그리고 저 사람이 핸드폰 빌려줬어요."

"그래. 김 실장."

"예."

굳이 자세히 말씀하진 않았지만 김재식 실장은 알아서 이런

저런 대화를 시작했고.

경호를 받으며 근처 공항 격납고로 간 뒤.

드디어 의자다운 의자에 앉을 수 있었다.

"……너 대체 정체가 뭐야."

"배도빈이라니까."

녀석이 구시렁대다가 비행기를 보며 물었다.

"이, 이건 하늘을 날아다니는 거지? 가끔 지나다니는 걸 봤어."

그러고 보니 이놈도 내가 다시 태어났을 무렵과 그닥 다르지 않다.

"맞아. 신발은 벗고 타는 거야."

"아, 그, 그래."

좀 재밌다.

-속보입니다!

배도빈이 베를린을 향한 지 7시간 뒤.

전 세계에 배도빈이 살아 있다는 속보가 이어지고 있었다.

-지난 달 비행기 추락 사고로 실종되었던 베를린 필하모닉의 배도빈 씨가 베를린에 도착했다는 이야기입니다.

뉴스 화면이 전환되어 배도빈과 가족들이 부여안고 우는 장면이 소개되었다.

　-1시간 전, 배도빈 씨는 가슴 졸이며 기다리던 가족과 동료들의 품으로 돌아왔습니다. 공항에는 가족의 상봉을 배려하기 위해 배도빈 씨의 일가와 일부 지인들만이 함께하였고 기자들의 진입도 일부 통제되었습니다. 현장에 있던 공항 이용객들은 배도빈 씨 가족의 감동적인 재회를 축복하였습니다.

　뉴스 화면에는 깔끔하게 정리된 도로가 비쳤다.

　-독일 정부에서는 배도빈 씨가 최대한 빨리 자택으로 돌아갈 수 있도록 도로를 통제, 경찰 병력을 투입하여 환영의 뜻을 밝혔고 배도빈 씨 일행은 WH그룹의 사설 경호대의 호위를 받으며 현재 베를린의 자택으로 향하고 있습니다.

　TV 화면에는 40여 대의 세단과 두 대의 헬리콥터, 20대의 바이크가 배도빈 일가와 유장혁 회장 그리고 최지훈, 차채은, 왕소소, 진달래가 타고 있는 리무진을 경호하는 모습이 나오고 있었다.

　독일 정부는 타국의 대통령, 교황과 같은 국빈급 대우로 배도빈의 복귀를 환영했고, 베를린 시민 2만여 명이 거리로 나와 그들의 희망을 향해 눈물과 환호를 던졌다.

　"배도빈! 배도빈!"

　"배도빈! 배도빈!"

　배도빈이 베를린에 들어섰을 때는 이미 베를린시가 준비한 꽃이 거리마다 융단처럼 깔려 있었다.

배도빈은 그들에게 인사를 하기 위해 잠시 리무진에서 내려 주변에 인사를 하는 퍼포먼스를 보여주기도 했다.

그뿐만이 아니었다.

세계 각지에서 배도빈의 무사생환을 대서특필하였으며 그간 슬픔에 빠졌던 이들은 배도빈의 환한 얼굴을 봄으로써 비로소 안도하였다.

4살부터 18살까지.

그가 활동한 14년간 1,800% 성장한 전 세계 클래식 음악 시장.

클래식을 지구 전체의 주류로 자리 잡게 한 주역 배도빈을 향한 마음이 드러나는 순간이었다.

집으로 돌아가는 길에 비자 문제로 잠시 떨어진 스칼라를 두고 리무진에 올랐다.

이틀만 기다리면 데리러 오겠다고 하는데 말귀를 이해 못해서 설득하느라 애썼다.

그나저나.

"……그만 좀 놔줬으면 좋겠는데."

도진이가 내 목을 감고 안겨 있는데 최지훈과 차채은이 양쪽 팔을 붙들고 놔주지를 않아 꼼짝할 수가 없다.

더군다나 도대체 다리는 왜 잡고 있는지 모를 진달래까지.

2시간 가까이 우신 어머니를 간신히 진정시키니 다음 차례가 기다리고 있었다.

"이제 어디 안 가니까."

"안 돼!"

도진이와 차채은이 머리를 처박고 비벼대서 만족할 때까지 가만있을 수밖에 없을 것 같다.

거우 고개를 돌려 최지훈을 보며 너라도 놓아 달라는 눈빛을 보냈지만 안 그러던 녀석도 내 시선을 무시하곤 머리를 들이댔다.

"……야, 다리는 좀."

"어림없지! 어딜 도망가려고!"

"……도망이라니."

진달래가 하악질을 한다.

포기하자.

소소가 주는 브라우니를 받아먹으니 좀 살 것 같다.

'바쁜가 보네.'

나윤희가 보이지 않아 소소에게 물었다.

"푸르트벵글러랑 다른 사람들은요?"

"단원이랑 직원들 다 온다고 했는데 국장이 말렸어."

알 것 같다.

240명의 단원과 80명의 직원이 왔다면 정말 공항에서 날을

샜을지도 모른다.

어머니를 달래는 데 2시간.

도진이와 최지훈, 차채은, 진달래가 아직도 매달려 있으니 정말 며칠간 공항에서 꼼짝 못 했을 수도 있었을 거다.

카밀라의 판단이 옳다.

얼마간.

베를린 시민들의 환영을 받으며 집에 도착했다.

'겨우.'

겨우 도착했다.

'빨리 씻고 자야지. 아니, 카레를 먹고 싶은데. ……슈퍼 슈 바인에 가자고 하면 난리가 나겠지.'

그런 생각을 하며 문을 열자 농후한 카레 향이 물씬 풍겼다.

냄새를 따라 부엌으로 향하자 나윤희가 국자를 휘젓고 있었고 인기척을 느낀 그녀가 뒤로 돌았다.

항상 포근하던 표정이 일그러지더니 눈물을 흘렸다.

천천히 다가가 그것을 닦았다.

'따분하구만.'

집에서 하루를 쉬고.

어머니와 아버지, 할아버지의 강요로 병원에서 갖은 검사를 받아야만 했다.

벌써 12월이라 당장에라도 무대에 복귀하고 싶었지만 어딘가 다치지 않았는지 병이 생긴 건 아닌지 걱정하셨기에 어쩔 수 없이 며칠간 병원 신세를 졌다.

내심 혹시나 하여 순순히 검사를 받던 중 보고 싶었던 사람들이 찾아와 그나마 지루한 병원 생활을 즐겁게 보낼 수 있었다.

베를린 필하모닉 단원들의 경우에는.

"이놈아! 누가 멋대로 떨어지라더냐! 어!"

"그게 마음대로 되어억."

병실로 들어오자마자 달려든 푸르트벵글러가 할아버지와 아버지처럼 내 몸을 부술 기세로 껴안았고.

"야, 이 빌어먹을 새끼 악마야! 살아 있으면 살아 있다고 얘기를 해야 할 거 아니야! 누구 숨넘어가는 거 보고 싶어?"

"조난됐는데 어떻게 얘길하라느거어억."

볼이 푹 파여 핼쑥해진 마누엘 노이어가 어깨를 잡고 흔들어대 머리가 아플 지경이었다.

"환자한테 무슨 짓이에요!"

환자는 아니지만 카밀라 국장이 그런 푸르트벵글러와 마누엘 노이어를 밀쳐냈다.

살았다.

"도빈아, 괜찮아?"

"네. 이상 없고 요양할 겸 며칠 쉬는 거니 곧 복귀할 거예요."

"보스……."

카밀라 뒤에 서 있던 이자벨 멀핀 부장이 눈물을 글썽였다.

"잘 지냈죠?"

반가워 웃으며 안부를 물으니 고개를 끄덕인다. 다가와서 손을 잡자 끝내 눈물을 떨어뜨리고 말았다.

마음고생을 많이 했던 모양이다.

"정말 괜찮아요. 악단은 어때요?"

"도빈아, 일은 쉬고 돌아와서 하자."

카밀라가 나서서 말렸다.

"정말 괜찮아요. 답답해서 그러니까 요약해서 알려주세요."

멀핀이 고개를 끄덕이곤 입을 열었다.

"시간 순서대로 말씀드리면 석 달 전에 BBC 프롬스에서 초청이 왔는데 이건 거절했어요."

사카모토랑 작업 중일 때다.

푸르트벵글러와 악장단, 카밀라에게 전권을 위임해 두었던 시기에 영국에서 우리를 초청했던 모양.

별일이다.

그간 워낙 사이가 안 좋았던 탓에 의아할 수밖에 없었다.

어떤 일인지 자세히 물으니 멀핀이 자랑스럽다는 듯 고개를 끄덕였다.

"세계 최고의 오케스트라가 참여하지 않으면 권위가 생기지 않으니까요."

씩 웃으니 카밀라가 거들었다.

"우리도 가급적 참여하고 싶었는데 오케스트라 대전 때문에 정기 연주회를 거의 못 했잖아. 게다가 그땐 너는 사카모토 교수님과 있었고. 어쩔 수 없는 일이야."

"그러네요. 다음은요?"

"UN 데이 콘서트 초청을 받았습니다만 거절했어요. BBC 프롬스와 같은 이유였고요."

UN 총회장에 관한 이야기만 나오면 홍승일과 있었던 한국 초등학교 피아노부실이 떠오른다.

한쪽에서 부러진 의자를 낑낑대며 고치고 있는 벗을 생각하면 언젠가 반드시 그 자리에서 대교향곡을 연주하리라 다짐하게 된다.

"어쩔 수 없죠."

"네. 계속 말씀드리면 도이체 오퍼에서 새 오페라 공연을 제안해 왔어요. 내년 3분기까지 보고 있는 장기 프로젝트라 이건 보류해 두었습니다."

"뭘 하자고 해요?"

"피델리오요. 워낙 장대하고 큰 작품이라 도이체 오퍼에서도 저번 투란도트 이상으로 투자할 생각인 것 같아요. 꼼꼼히 따져서."

"하죠."

"네?"

멀핀의 말을 끊어내고 즉답했다.

"이 녀석아, 이제 겨우 숨 좀 돌렸구만 일은 무슨 일이야. 나중에 생각해라. 규모 면에서 쉽게 결정할 일도 아니다."

푸르트벵글러가 말렸지만 피델리오의 지휘를 직접 맡았다가 제대로 해내지 못했던 기억이 떠올라 그럴 수는 없었다.

이 내게도 수많은 실패를 안겨다 주었던 오페라.

피델리오만큼은 지금의 나로서도 도전의 영역이라 의지가 생긴다.

"어차피 내년을 목표로 두고 있잖아요. 해요."

"끄응. 욕심하고는."

그렇게 말하는 푸르트벵글러도 내심 기대하고 있는 듯하다.

"그리고…… A팀은 정기 연주회를 진행하고 있었고 B팀은 2주 뒤에 1주일간 이어지는 무대를 준비했어요. 지휘는 케르바 슈타인 감독이 맡고요."

"규모가 꽤 있나 봐요."

"네. 소소 악장이 준비 정말 많이 했어요."

소소가 메인이라.

다채로울 것 같은 느낌이다.

"또 오케스트라 대전 일정에 변동이 생겼어요."

"그건 무슨 말이에요?"

"원래는 12월까지 내년 대회를 위한 예선을 준비해야 하는데 각 악단에 부담되는 일정이 너무 크다는 이야기가 나왔어요. 게다가."

멀핀이 말을 거르고 있는 듯한데 카밀라가 입을 열었다.

"여러 이유가 있겠지만 네 실종도 이유라고 보고 있어."

무슨 상관이냐고 물으려던 차 카밀라가 설명을 계속해 주었다.

"원래대로라면 당장 1주일 뒤에 예선에 참가해야 하는데 네가 없잖아. 배도빈이 없는 오케스트라 대전은 의미가 퇴색된다는 거지. 그리고 멀핀 부장이 말한 대로 각 악단에게 부담되는 것도 문제가 많았으니까."

이해가 된다.

"그래서 내년 오케스트라 대전은 없어. 해가 넘어가면 관련 이야기를 세계 클래식 음악 협회 이름으로 발표한다고 하는데, 우리끼리는 아마 3년이나 4년 정도의 간격을 두고 운영할 거라고 보고 있어."

"이것저것 바뀌는 게 많네요."

"그들도 처음이니까. 아마 다음 오케스트라 대전은 그런 문제들을 상당히 해결하고 개최될 테니 지금은 우리 할 일만 집중해도 괜찮을 것 같아."

"그러네요."

그렇게 대충의 근황을 듣고는 누워 있자니 악장단이 찾아왔다.

"정말 무슨 일이래."

"천만다행이다."

"푹 쉬고. 다들 기다리고 있다고."

케르바 슈타인과 헨리 빈프스키, 파울 리히터와 안부를 나누었고.

찰스 브라움은.

"허거어헙으훙. 걱정 같은 거 안 패앵! 안 했다고!"

눈물 콧물 질질 흘리면서 남들 앞에서는 절대로 보여주지 않을 모습을 보였다.

질질 짜고 코 찔찔 흘리는 찌질이.

좋은 느낌이다.

고마웠다.

"시력을 잃은 것 같다고 들었는데. 이제 괜찮은 거야?"

아내와 함께 찾아온 니아 발그레이는 나를 유심히 살피곤 다정하게 물었다.

"네. 일시적인 현상이었나 봐요."

"정말 다행이다. 다행이야."

괜찮다는 말을 듣고서야 숨을 길게 내쉬며 안도했다.

그리고.

"도빈아!"

"도빈 군!"

미국에서 허겁지겁 달려온 히무라와 박선영, 사카모토 료이치.

"오오. 신이시여."

사카모토가 두 손을 모았고.

히무라는 병실에 들어서자마자 나를 보더니 내 손을 잡고 바닥에 주저앉아 울고 말았다.

말은 하지 않았어도 아들에게 줄 사랑을 내게 주었으니 아마 '그때'의 기억과 겹쳤을 것이다.

"괜찮아요. 걱정 마요."

"다행이다. 다행이야……."

그렇게 히무라를 달래며 고개를 들었다.

입을 막고 고개를 숙인 채 울고 있는 박선영과 이제는 정말 건강해 보이는 사카모토.

그를 보니 나도 모르게 눈물이 나왔다.

괜찮을 거라고는 생각했지만 혹시나 내 일로 충격을 받진 않았을까 걱정했다.

다행히. 정말 다행히도 괜찮은 모양이다.

"사카모토."

사카모토와도 끌어안아 서로를 달래준 뒤 그간의 일을 나누었다.

3일 차에는 아침부터 복도가 시끄러웠는데 가우왕이 병실 문을 벌컥 열고는 요란스럽게도 찾아왔다.

숨을 헐떡이는 걸 보니 뛰어서 올라온 모양.

"가우왕."

반가워 인사하자.

"이 빌어먹을 꼬맹이가! 사람 애태우는 법도 가지가지야! 어!"

갑자기 달려들어 검지와 엄지로 양쪽 볼을 꽉 눌러버렸다.

너무 아파서 입을 벌리자 뭔가가 입속으로 쑥 하고 들어왔다.

가우왕의 손을 쳐내고 소리쳤다.

"무슨 짓이야!"

"잔말 말고 꼭꼭 씹어 먹어!"

폭력을 휘두른 주제에 너무나 당당해 어이가 없자니 가우왕이 가방에서 뭔가를 잔뜩 꺼냈다.

"웩."

지옥 음식도 이것보단 덜 쓰겠다.

뭔지는 모르겠지만 뱉으려고 휴지통을 찾자 녀석이 호통을 쳤다.

"그게 얼마짜린데 뱉으려고 해?"

"뭔데요!"

"중국에서 유명한 의사가 지어준 단이야. 좋고 비싼 건 다들어가 있으니 하루에 하나씩 먹어. ……뱉지 마!"

"너나 많이 먹어요! 멀쩡한 사람도 먹다 죽겠네!"

"이 꼬맹이가!"

가우왕과는 한 시간 내내 싸우다가 겨우 진정했다.

담당의가 먹어도 되는 거라고 판정해 주었을 때는 정말이지 최악이었지만 말이다.

이후로도 단원들과 페터 형제, 마리 얀스와 제르바 루빈스타인, 칼 에케르트, 차명운 등이 멀리서 병문안을 와주었고.

나카무라 부녀도 조용할 때쯤 와 부담을 덜어주었다.

퇴원 후 찾아간다고 하는데도 굳이 와주니 고맙기 그지없다.

그리고.

"도빈아!"

"이시하라."

열 일 제쳐두고 기자로서가 아닌 지인으로 와준 이시하라 린에게는 기자들에게 빼앗길 시간을 덜기 위해서라도 대충의 이야기를 전해 기사화를 부탁했고.

SNS를 통해 팬들의 응원을 하다 보니 드디어 일상으로 복귀할 수 있었다.

참으로 긴 여정이었다.

2주 정도의 간격을 두고 신년 음악회를 복귀 무대로 삼을 예정이다.

준비 기간이 짧은 탓에 송년 음악회는 짧게 연주자로 나서서 팬들을 위로할 생각이다.

"끄아아아아아."

"……말도 안 돼."

기분 전환도 하고 페터 형제와 스칼라의 견문도 넓혀줄 겸 베를린 필하모닉 콘서트홀을 찾았다.

입을 떡 벌린 녀석들이 귀엽다.

특히나 스칼라는 '별세계'에 떨어진 기분인지 외출을 하면 내 옆에서 떨어지질 않았는데 이만한 규모의 건축물이 전부 '음악을 위한 곳'이라 들으니 숨을 크게 들이쉬었다.

"여, 여기가 오케스트라가 연주하는 곳이라는 말이지?"

"그래."

"도빈 님, 도빈 님! 어서 들어가요! 스칼라 씨도요!"

프란츠의 재촉에 들어섰다.

관객으로 오는 건 정말 오랜만이라 케르바 슈타인 체제 아래의 B팀이 얼마나 멋진 연주를 들려줄지 기대되었다.

'소소가 메인이라.'

팸플릿을 펼치자 차이나풍의 현악기 버라이어티 쇼라는 상당히 촌스러운 제목이 붙어 있었다.

"나 잠깐 일 좀 보고 올 테니까 얌전히 있어."

"알았다."

"프란츠, 얘 어디 못 가게 해."

"넵!"

객석을 빠져나와 무대를 통해 뒤로 돌아갔는데 악장 대기실 문을 두드려도 반응이 없었다.

'뭐지?'

공연 시작 30분 전인데 자리에 없다니 무슨 일인가 싶어 핸드폰을 꺼냈는데.

"도빈이다."

소소의 목소리가 들려 고개를 돌리자.

하마터면 눈알이 튀어나올 뻔했다.

"그 옷…… 뭐예요?"

"변검."

괴상한 가면들과 화려하다 못해 정신 사나운 차림은 생전 처음 보는 괴상함을 풍겼다.

"오늘 콘셉트예요?"

"응."

소소가 기쁘다는 듯 살짝 웃으며 허리에 손을 얹고 가슴을 쭉 폈다.

"다들 좋아할 거야."

"버라이어티 쇼라고 했죠."

"아냐. 아냐."

소소가 손바닥을 보이곤 좌우로 돌렸다.

"오늘의 나는 버라이어티 쑈야."

"……네. 버라이어티 쇼."

"아니. 쑈야."

무슨 말을 하는 건지 모르겠다.

"그럼 가볼게."

"네."

소소와 인사를 하고 대기실과 지휘자실에 들러 단원들과도 한차례 인사를 나누었다.

다들 차분하게 해야 할 일을 하고 있었고 인사를 나눌 때 표정도 좋았다.

자리를 비우고 있을 때도 악단을 잘 꾸려온 듯해 안심이다.

A팀이야 수십 년간 정상의 오케스트라로 군림했던 베테랑들이라 문제없지만 B팀은 못내 걱정되었다.

아무래도 오케스트라 생활을 처음 시작한 이들이 절반 이상이기도 하고 내게 의지하는 부분이 많아 혹시나 그간 흔들리진 않았을까 하는 마음이었는데.

다행히 평소와 같이 생활한 듯.

얼굴에 자신감이 깃들어 있다.

그 모습에 고개를 끄덕일 수 있었다.

객석으로 돌아왔다.

곧 단원들이 무대 위로 올라와 자리를 잡아나간다.

'비발디라.'

비발디의 바이올린 협주곡 op.8의 1번, 2번, 3번, 4번.

흔히 묶어서 사계라고 하는데.

실내악으로서는 더할 나위 없이 좋은 곡이 케르바 슈타인에 의해 확대 편성되었다니 기대된다.

더군다나.

'이 동양적 느낌이라는 말은 대체 뭐지.'

소소가 메인으로 등장한다는 점과 요상한 차림을 하고 있는 것으로 보아 분명 뭔가 준비된 게 있을 듯.

기대에 부풀어 이것저것 생각해 보고 있을 때, B팀 지휘자로 활동하게 된 케르바 슈타인이 소소와 함께 무대 위에 올라섰다.

"쑈! 쑈! 쑈! 쑈!"

그 순간 객석에서 큰 함성이 터져 나왔다.

'뭐야?'

함성을 따라 고개를 돌리니 무리를 이룬 중국인과 한국인들이 소소의 얼굴이 박힌 티셔츠를 입은 채 울부짖고 있었다.

다른 관객들이 허허 하고 웃는 걸 보아 하루 이틀 이런 게 아닌 듯하다.

'즐기고 있잖아.'

정작 소소도 그들을 보고선 웃어준 뒤 검지를 입술에 가져갔다.

"끄아악! 웃었어! 웃었다고!"

"나랑 눈 마주친 거 봤어?"

"미쳤어! 나 본 거라고!"

몇 달 사이에 대체 무슨 일이 있었던 건지 내가 알던 분위기가 아니다.

흡사 팝스타의 콘서트장에 온 듯한 분위기에 조금 당황스럽다.

더욱 황당한 건.

'왕소소가 웃었다고?'

음악을 할 때를 제외하고.

종일 침대에서 단 음식을 먹으며 무표정하게 드라마만 보던 소소가 관객을 보며 웃다니.

저런 모습은 처음이다.

객석이 잠잠해지고.

소소가 눈만 가리는 가면을 썼다.

케르바 슈타인이 팔을 크게 아울러 연주를 시작하였다.

이탈리아가 낳은 바이올린의 대가.

바로크 시대를 풍미했던 안토니오 비발디의 봄(La primavera)이 콘서트홀에 싹을 틔운다.

더없이 활기차게.

잠시 소리를 죽였다가 강조를 하며 변형되기 시작된 봄은.

'뭐야, 이게.'

기대했던 수준 이하였다.

'컨디션이 안 좋나?'

나쁘지 않은 수준이지만 평소 소소의 연주라고 하기에는 아쉬운 부분이 많다.

더욱 큰 문제는.

'엉망이잖아.'

평소 실력까진 못 내더라도 소소의 연주는 들어줄 만했는데 베를린 필하모닉 B의 연주가 미묘하게 어긋나 있다.

특별할 만한 변형이 없는데도 들어올 때를 놓치거나 음 표현이 충분치 못한 상태에서 곡이 전개되어 혼란스럽다.

'거슬려.'

바이올린도 비올라도 첼로도 콘트라베이스도 피아노도 곡의 멜로디를 깔아주던 목관 악기 모두 엉망이다.

1악장이 끝나고.

갖은 인상을 다 쓰며 고개를 돌렸는데 프란츠 페터와 스칼라의 표정이 밝다.

그래서 더 이상하다.

2악장이 시작되기 전.

소소가 가면을 바꿨고 뒤에서 얼후를 받아 의자에 앉았다.

이제 보니 저 가면은 각 계절을 상징하는 것 같다.

중국 최고의 얼후.

불안감을 조성하는 배경 속에서 소소의 얼후가 천천히 지난겨울 죽어간 초목과 짐승을 위해 노래했다.

'좋아.'

내색하진 않았지만 긴장했던 듯.

소소의 얼후는 깊이 탄식하듯 구슬피 울었다.

얼후의 음색이 묘하게 곡의 분위기와 잘 맞아떨어지고 그녀의 뛰어난 실력 덕에 곡이 늘어지는 법도 없었다.

애초에 바이올린과 얼후의 연주법이 유사하긴 하지만 바이올린의 편의성에는 비할 바가 못 되는데.

소소의 얼후는 그러한 점에서 생기는 작은 문제점조차 허용치 않았다.

짧은 2악장이 끝나고.

소소가 다시금 악기를 바꿔 쥐었다.

'이래서 버라이어티라고 한 건가.'

아마 오늘 콘셉트는 대부분의 현악기를 다루는 천재 왕소소를 위한 무대.

소소의 남성 팬들이 열광했던 이유도 이해가 되었다.

다시 전원풍으로 빠른 3악장이 시작되고 소소의 바이올린과 함께 베를린 필하모닉 B가 다시 연주를 시작하는데.

주제와 유사하게 시작되더니 극적 변형이 일어나는 시점에 또다시 연주가 엉망이 되었다.

'…….'

불쾌하다.

나는 이런 연주를 하는 베를린 필하모닉을 용납할 수 없다.

여름(L'estate).

가을(L'autunno).

겨울(L'inverno).

그나마 들어줄 만한 연주는 소소와 마르코뿐.

도대체 네 달간 무슨 일이 있었기에 악단이 이런 식으로 망가졌는지 알 수 없었고.

그냥 넘어갈 일이 아니었다.

연주회를 망칠 순 없었기에 겨우 참아냈고 항의하는 관객들이 생길 것이 뻔해 어떻게 대처할까 고민하던 중.

"브라보!"

모든 연주가 끝나고 객석에서 환호성이 터져 나왔다.

"도빈, 이것이 베를린 필하모닉인가! 정말 놀라워. 이게 오케스트라라니! 특히 저 여성의 연주는 심금을 울리는군!"

스칼라가 신이 나서 박수를 쳤다.

비꼬는 건가 싶지만 너무나 밝은 표정에 혼란스럽다.

"……아니야."

고개를 저었다.

"이건 베를린 필하모닉이 아니야."

스칼라와 페터 형제를 돌려보내고 푸르트벵글러를 찾았다.

극장실에 있다고 하여 문을 열어젖히고 소리쳤다.

"세프!"

"집에서 쉬라니까 왜 또 나왔어?"

"지금 그게 중요해요?"

놀란 푸르트벵글러와 카밀라가 눈을 크게 떴다.

"대체 오늘 연주회 뭐예요. 그런 수준으로 무대에 오르다니. 대체 그간 무슨 일이 있었던 거예요?"

내 마음이 전해졌는지.

사태의 중대함을 깨달은 푸르트벵글러가 심각한 표정을 짓고는 물었다.

"무슨 말이냐."

"……네?"

"오늘 B팀 연주는 나도 들었지만 훌륭했어. 그런 수준이라니?"

어이가 없어 잠시 말을 잃었다가.

"진심이에요?"

확인차 다시 물었다.

"그래."

"……카밀라, 오늘 연주회 녹음본 좀 가져다주세요."

"응."

카밀라가 나가자 푸르트벵글러가 심각하게 물었다.

"무슨 일이냐. B팀은 평소대로 연주했어. 그건 현장에 있었던 내가 자신한다."

"……실망했어요. 다들 제가 없던 사이에 무슨 일이 있었던 거예요."

"네가 실종되고 많이들 슬퍼했지만 그렇다고 연습을 게을리하진 않았다. 네가 돌아왔을 때 망가진 모습을 보여줄 순 없다며 본인들이 더 열심히 하더구나."

자꾸만 핀트가 어긋난다.

"셰프가 그렇게 자신하는 게 믿기지가 않아요. 제가 듣기에는 정말 엉망이었어요. 소소도 평소답지 않았지만 반주가 솔로 연주를 모두 망쳐버렸다고요."

푸르트뱅글러가 막 입을 여는데 카밀라가 들어왔다.

"여기."

"고마워요. ……들으면서 얘기해요."

"그래."

카밀라의 방에 있는 오디오를 통해 파일을 열었다.

첫 연주가 시작되자마자 음정이 흔들린 부분을 지적했다.

푸르트뱅글러가 눈매를 좁히더니 해당 부분을 반복해 들었다.

"……."

그는 신음하며 고개를 끄덕일 뿐 별다른 말은 하지 않았다.

뒷부분을 마저 들으며 그렇게 총 마흔세 번에 해당하는 부분을 지적했다.

푸르트뱅글러는 내가 꼬집은 부분을 말없이 반복해 들을 뿐 크게 반응하지 않았다.

"봐요. 뭔가 문제가 있는 거예요. 연습이 부족했든 아니면 단원들 사이에 뭔가 피로가 쌓였든."

"아니."

푸르트뱅글러가 내 말을 끊어내곤 지그시 눈을 감았다.

"다시 말하지만 B팀의 연주는 평소와 다르지 않다. 오케스트라 대전 때만큼은 아니지만 최선을 다했어. 문제는 네게 있는 것 같다."

"네?"

"솔직히 말하면."

그는 관자놀이를 꾹꾹 눌렀는데 꽤 고민하고 있는 것처럼 보였다.

"나조차 네가 지적하고 반복해 듣고 나서야 문제점을 깨달 았다."

푸르트벵글러가 맨 처음 봄의 연주가 시작될 때 흔들린 음 정을 다시 틀었다.

명백히 불안정한 음이다.

"케르바 슈타인도 놓칠 만해. 아니, 이 정도면 훌륭하다고 판단했을 수도 있겠지. 나도 같은 생각이니."

"지금 절 놀리는 거라면 그만둬요. 심각하다고요."

"아니다."

푸르트벵글러의 눈은 어느 때와 같이 곧게 나를 향하고 있 었다.

'뭐야.'

혹시나 전처럼 농담을 하거나 장난일지도 모른다고 생각했 건만, 푸르트벵글러가 무대 위에서의 일로 장난을 칠 사람이 아니라고 생각하자.

정말 알 수 없게 되었다.

"카밀, 우리 앨범 중 아무거나 하나 틀어주게."

"그래요."

카밀라 앤더슨이 자기 자리로 가 작년 푸르트뱅글러가 직접 지휘한 송년 음악회 앨범을 틀었다.

내 9번 교향곡이다.

너무도 완벽한 연주라 무척 마음에 들어 종종 듣곤 했었다.

그러나 오늘 B팀의 연주가 엉망인 것과는 관련 없는 일이다.

"이 문제랑 상관없잖아요."

"잠자코 들어봐."

음악이 흐르고.

5분쯤 흘렀을 때 푸르트뱅글러가 카밀라에게 손짓해 연주를 멈추었다.

"어떠냐."

선뜻 대답할 수 없었다.

훌륭한 연주였지만.

'완벽하다'고 생각했던 전과는 다르다.

꼬집어 무엇인가를 틀렸다고 이야기할 부분은 없었지만 아쉬운 부분을 찾을 수 있었다.

"솔직하게 말해봐."

"……틀렸다곤 할 수 없지만 처음 타악부는 아쉬웠어요. 관악부가 살린 분위기를 따라오지 못했고."

푸르트뱅글러는 잠자코 들었다.

"현악기 소리가 상대적으로 차이가 커서 묻힌 것도 아쉬워요. 전체적으로 음량 조절이 들어갔다면."

"기억하느냐."

차분히 듣고 있던 푸르트벵글러가 다시금 내 말을 끊고 물었다.

"너도 나도 이 연주를 완벽한 D단조 교향곡이라 말했지."

힘겹게 고개를 끄덕이자 푸르트벵글러가 한숨을 크게 내쉬더니 웃기 시작했다.

"흐하하하하하. 하하하하하하!"

갑자기 크게 웃기 시작한 그를 이상히 보고 있자니 그거 고개를 설레설레 젓곤 시원하게 미소 지었다.

"아직도 부족한 게냐."

"무슨 말이에요?"

"누가 들어도 훌륭한 연주다. 누가 들어도 완벽하다고 여길 연주였지. 나도 찾아내지 못했던 문제를 듣게 된 거야."

"장난치지 말아요. 이렇게 명백한데 푸르트벵글러가 모를 리 없잖아요."

"아니. ……늙으면 귀가 안 좋아지긴 하지만 감만은 더욱 예리해지지. 난 도빈이 네가 처음에 무슨 말을 하나 싶었다. 반복해 듣고서야 이해할 수 있었지. 정말이야."

"……"

"대체 그간 무슨 일이 있었던 거냐. 널 부러워한 적은 단 한 번도 없다만 그 귀만은 가지고 싶구나."

혼란스러워하는데.

케르바 슈타인이 노크를 했다.

카밀라가 들어오라 신호하자 그가 기쁜 얼굴로 들어와 나와 푸르트벵글러에게 자랑을 하기 시작했다.

"셰프, 성공적이에요. 도빈이 너도 들었다며? 어땠어?"

기뻐하는 케르바 슈타인을 두고.

아무 말도 할 수 없었다.

돌아오고 나서 가만히 방에 있자니 작은 소리가 여럿 들리기 시작한다.

테메스 마을에 있을 때도 느꼈지만 평소 듣지 못했던 소리들이 귀를 간지럽힌다.

시력을 잃은 뒤로 예민해진 감각은 자연스레 옅어질 줄 알았는데 여전히 남아 있는 듯.

아무 생각 없을 때는 몰랐지만 집중하면 전보다 훨씬 더 많은 소리가 정확히 들린다.

푸르트벵글러와의 대화를 떠올리며 그간 만족스러웠던 연주들을 다시금 되짚어보는데.

전에는 알지 못했던, 무심코 넘겼던 것들을 잡을 수 있었다.

유일하게 흡족했던 연주는 몇 달 전 사카모토와 함께한 녹음.

복잡한 마음으로 피아노 앞에 앉았다.

'아니야.'

틀리다.

'이게 아니야.'

한참 멀었다.

'조절해. 쉽게 누르지 마.'

음표 하나를 너무도 쉽게 생각했던 나를 용납할 수, 인정할 수 없었다.

아무리 반복해도 만족스러운 연주를 할 수 없어서 정말 오랜만에 밤새 피아노를 연주하는데.

푸르트뱅글러의 말대로 아직 더 나아질 수 있다는 생각에 이것밖에 안 되었냐고 자책하면서도.

그 과정이 너무도 즐거웠다.

하룻밤 연주를 반복하다 보니 이제야 어제 베를린 필하모닉의 연주에 실망했던 이유를 알 수 있었다.

소리를 인지하는 능력이 더 발달한 듯하다.

정확히 말하면 가청(可聽: 들을 수 있는)의 영역이 넓어졌다.

소리를 인식하고 그 파장의 시작을 1로 끝을 10으로 상정하면 그중에 인식할 수 있는 영역은 1과 10 사이의 한정된 구간뿐인데 그 범위가 확실히 넓어진 듯하다.

들을 수 없었던 소리를 듣는 것이 단순히 귀가 좋아졌다는 게 아니라 첫 음과 끝 음을 들을 수 있었던 것이기에.

같은 소리라도 달리 들리는 것 같다.

그래서 작은 흔들림만으로도 거슬렸고 그것은 내 연주도 마찬가지라 건반을 누를 때와 뗄 때 전보다 훨씬 더 신경 써야만 했다.

'깔끔해서 좋긴 한데 생각보다 신경 써야 할 게 많네.'

다른 거장들의 연주를 들어본 바.

그들이 나처럼 소리를 듣는 영역이 넓은지는 모르겠으나 정말 뛰어난 사람의 연주는 거슬리지 않았다.

오케스트라 중에서는 암스테르담과 빈 필의 경우가 그러했고.

피아니스트 중에서는 크리스틴 지메르만, 글렌 골드, 가우왕 그리고 최지훈이 깔끔했다.

피아노는 전체적으로 뛰어난 기량을 가진 것과는 또 별개라 은퇴하기 전의 미카엘 블레하츠와 클라우디오, 나, 사카모토의 경우에는 다소간 떨림이 있었다.

베를린 필하모닉 A도 소리를 깔끔하게 내는 부분에 있어서는 나처럼 완벽하진 못했다.

'이만큼 연주하는 곳이 세 손가락으로 꼽을 수 있다는 게 문

제지만.'

아무래도 푸르트벵글러나 나나 감정을 싣는 데 더 주력하다 보니 다소간의 떨림은 그리 신경 쓰지 않았던 것 같다.

'도리어 그게 필요할 때도 있고.'

생각하면 할수록 머리 아프다.

그러한 떨림은 현악기에서는 더욱 애매해서 떨림이 있을 때가 더 좋을 때도 있고 아닐 때도 있었다.

어제 공연의 경우에는 여러 부분에서 문제점이 보였는데.

불편하지 않고 듣기 좋았던 건 소소의 얼후뿐이었다.

그녀는 다른 악기를 연주할 때와 달리 얼후만은 무척이나 좋은 소리를 내었다.

여러 현악기를 수준급 이상으로 다루는 건 사실이지만 아무래도 역시 주 종목만큼 하는 건 무리였던 듯.

지금까지는 그 차이를 작게 느꼈지만 지금은 너무나 크다.

다른 악장들과 비교했을 때 소소가 바이올린 솔로로 나설 일은 많이 없을 듯하다.

그렇게 생각을 정리해 보니.

어느 정도 윤곽이 드러났다.

'완벽한 연주의 요소가 될 순 있지만 전부는 아니야.'

반대로 말하면 완벽한 연주를 바란다면 짚고 넘어가야 할 부분.

그러나 다른 사람도 이런 느낌을 받을 수 있는지가 문제로 남아, 판단을 도와줄 사람을 불렀다.

"무슨 일이야?"

"거기 앉아요. 커피 마실래요?"

"아, 아니. 괜찮아."

이른 새벽, 집에 깨어 있는 사람이 한 사람뿐이었는데 마침 귀도 좋고 실력도 좋은 이라 안성맞춤이다.

"안 잤어?"

나윤희가 걱정스레 물었다.

"네."

그게 중요한 게 아니라 무슨 일을 할 건지 설명해 주었다.

"그러니까 녹음된 거랑 연주할 걸 들어보라는 말이지?"

"네."

굳이 비교해 보라고 말하지 않은 건 최대한 자연스럽게 들어주길 바라기 때문인데 어떨지 모르겠다.

기왕이면 평범하게 들어주면 좋겠지만 반대로 집중해서 들어줬으면 하는 마음도 있다.

'연주를 들려주는 만큼 신경 쓸 수밖에 없겠지만.'

우선 2019년, 검정고시 준비로 지루했던 차에 히무라의 권유로 다시 녹음했던 '마왕의 연주 리마스터'를 틀었다.

'배도빈: 피아노와 바이올린을 위한 모음곡'에 수록된 피아노 소나타인데 당시에는 최선을 다했고.

또 그 이후로 크게 발전하지 않아 지금도 이만한 수준으로 연주하기 쉽지 않았다.

그러나 역시.

'나쁘진 않지만 아쉬워.'

푸르트뱅글러와 함께 들은 A팀의 연주와 비슷한 느낌이다.

1악장만 듣고 오디오를 멈췄다.

"이번엔 직접 연주할게요."

"응."

변형은 없다.

녹음했던 그대로 그러나 건반을 누르는 힘을 최대한 조절해 나가며 소리가 깔끔해지도록 신경 썼다.

만족스럽지는 않지만 그래도 녹음되었던 것보단 낫다고 자평하며 연주를 마치자.

나윤희의 표정이 미묘하다.

"어땠어요?"

"으응……."

고개를 갸웃거리던 나윤희가 입을 뗐다.

"뭔가 다른 거 같긴 한데 잘 모르겠어. 선명…… 하다고 해야 할까?"

푸르트뱅글러와 같은 반응이다.

'이래선 의미가 없어.'

고도로 훈련된 음악가의 귀조차 차이를 느끼지 못하면 일반 관객들은 말할 것도 없을 거다.

실제로 나만 불만족스러울 뿐.

푸르트벵글러는 그 차이를 그리 신경 쓰지 않는 것 같았다.

더욱 멋진 음악을 하기 위한 단서 정도로 생각하던 것 같은데, 아무래도 30분 이상 고도로 집중해야만 느낄 수 있는 차이가 과연 관객을 위한 연주일까 싶다.

굳이 명확히 말하진 않았어도 같은 곡을 CD와 실연으로 들어달라는 부탁을 받은 이상 나윤희도 나름 집중하고 있었을 터.

연주의 완성도를 높인다 해도 듣는 사람이 그 차이를 제대로 못 느낀다면 의미가 반감된다.

하지만.

이것이 테메스인들의 비밀이지 않을까 조심스레 추측해 본다.

'스칼라를 불러다 물어봐야겠어.'

"저……."

고개를 돌리자 나윤희가 다가왔다.

"이, 일어나 봐."

무슨 일인가 싶어 일어났더니 내 뒤로 가 등을 밀기 시작했다.

"왜, 왜요? 왜 그래요?"

"끙끙."

무슨 생각을 하는지 알 수 없어 일단 복도로 나왔다. 그러고도 멈추지를 않았고 침실 앞까지 와서야 손을 뗐다.

"돌아온 지 얼마 안 되었는데 또 무리하면 다들 걱정할 거야. 음악도 중요하지만 건강을 잃으면 그것도 못 하니까."

나윤희가 말끝에 '그렇지?'라고 덧붙였다.

자기도 미련하게 손가락이 터질 때까지 연습했으면서 남이 그러는 건 못 보는 듯하다.

'하긴. 나도 마찬가지지.'

푸르트뱅글러와 사카모토, 나윤희가 그랬을 때는 정말 심장이 내려앉는 것 같았다.

"그럼 오후에 봐요."

"응. 잘 자."

방으로 들어서 침대에 누웠더니 금세 곯아떨어졌다.

'으음.'

얼마나 잠들어 있던 걸까.

의식이 돌아오자 뭔가가 가슴팍에서 움직이고 있었다.

생전 처음 느껴보는 감각에 깜짝 놀라 벌떡 일어나니 도진이가 비명을 질렀다.

"배토벤!"

이 녀석이 형을 막 불러…….

눈을 뜨니 도진이가 손에 작은 거북이 한 마리를 들고 있었다.

행여나 다칠까 조심스레 손을 포개어 보호하면서 도진이가 처음으로 내게 소리를 쳤다.

"형 나빠!"

충격이다.

"토벤이 다친단 말야! 놀랐지 토벤아. 우뉴뉴뉴뉴."

거북이는 등껍질에 들어가 반응하지 않았다.

"그게 뭐야?"

"배토벤. 내 동생이니까 형아 동생이야. 그렇게 막 하면 안 돼."

"베토벤?"

"배토벤."

배 씨 성을 준 모양이다.

"언제부터 키웠던 거야? 아니 그보다 왜 그런 이름을……."

"형아 미국 갔을 때 엄마가 사줬어. 같이 이름 지어주려 했는데 형이 안 와서…… 계속 이름 없으면 불쌍하니까 지어줬어. 형 때문이야."

몇 달간 떨어져 있었던 것에 불만이 많은 듯하다.

배토벤이 머리를 꺼내 입을 쩍 벌렸다. 빼끔빼끔대는 것이 확실히 조금은 귀엽다.

저렇게 소중히 여기는 걸 보니 그새 정이 많이 든 모양.

"토벤아, 형아한테 인사해."

도진이가 인사를 하라고 해 조금 기대했는데 역시나 들은 척도 안 하고 하품만 늘어지게 한다.

"봐봐. 형이 놀라게 해서 삐졌잖아."

삐진 건 너겠지.

"이름 바꾸자."

"왜?"

"……우리 식구니까 한국식으로 지어야지."

"그치만 얜 독일 앤데?"

"……."

할 말이 없어진다.

진달래가 도진이랑 말할 때 왜 가끔 입을 닫는지 이해할 수 있었다.

"자, 그럼 둘이 친해져야 하니까 오늘은 형한테 맡길게."

"뭐?"

"나 학교 다녀올 동안 토벤이랑 친해져야 해?"

"도진아, 잠깐. 배도진!"

후다닥 뛰어나가는 도진이 녀석은 뒤도 돌아보지 않았다.

도진이가 책상 위에 올려둔 거북이는 미동도 하지 않고 고개를 쳐들고 있을 뿐이다.

'미치겠네.'

♪

스칼라에게는 6층 복도 끝에 방을 내주었다.

시킨 대로 하루 종일 영화와 TV를 보며 현대 독일어를 익히는 중이다.

"TV라는 건 정말 대단해. 방해하지 말아줘."

뭔가 글러 먹게 될 것 같아 TV를 꺼버리니 금세 우울해진다.

어차피 문명사회에 적응해야 할 테니 학교를 보내는 것도 괜찮지 않을까 싶어 이야기를 꺼냈다.

"눈을 다치고 듣지 못했던 소리를 듣게 됐어."

"당연한 일 아닌가?"

"소리를 크게 듣는다는 의미가 아니라 정확하게 들을 수 있게 되었다고 해야 되나. 아마 그곳에서 네가 말했던 신의 목소리를 들을 수 있었던 것도 그 때문인 것 같아."

"흐음."

"테메스인들의 힘이 이것과 관련된 거야?"

스칼라가 고개를 저었다.

"말할 수 없어."

예상했던 답이다.

"그럼 이걸 들어봐."

사카모토와 함께 녹음했던 'Honor'를 틀었다. 스칼라는 팔짱을 끼고 흥미롭게 듣더니 곡이 끝난 뒤엔 잔잔히 웃었다.

"멋진 곡이군. 피아노라 했지? 바이올린과 서로를 잘 이해하고 있는 게 느껴져."

"이걸 녹음하고 아팠던 사람이 나았어. 내 눈을 고칠 수 있을 거라 확신했던 것도 이 때문이고."

"그만한 일을 겪고도 멀쩡해 이상하다 싶었더니 그런 생각이었군."

스칼라가 팔짱을 풀었다.

"난 네가 진실한 사람이라 믿지만 그것과 마을의 비밀을 공유하는 건 별개야."

치사하게.

"하지만 호의를 베푼 네게 실마리를 주는 정도는 괜찮겠지. 음악은 대화. 서로를 깊이 이해하는 수단이야. 네 귀가 좋아진 것도 방금 그 멋진 곡도 테메스 신의 가호와는 관련이 적어."

없다가 아니라 적다.

'대부분 말한 것 같은데.'

마을의 불문율을 지키기 위해 모호하게 말하기는 했지만 핵심을 짚어준 느낌이다.

아마 사카모토의 병환이 호전된 것은 그때 나와 사카모토가 서로를 깊이 이해했고, 그만큼 영혼이 충족되었기에 가능했던 것 같은데.

그렇다면 내 눈이 나은 건 그때 동굴이 내는 소리에 내가 깊이 감화되었기에 가능한 일이었던 것 같다.

스칼라와 칼은 그 천연의 동굴이 내는 소리를 신의 목소리로 칭하기도 했고 말이다.

'어찌 되었든 귀가 좋아진 것과는 무관하다는 건가.'

내 연주로도 만족할 수 없어 테메스의 힘이 그 너머에 이르기 위한 방법이라고 여겼거늘.

아무래도 아닌 듯하다.

"그런데."

어느 정도 생각이 정리되었는데 스칼라가 입을 열었다.

"그 귀여운 생물체는 뭐지?"

머리 위에 서 있는 배토벤이 신경 쓰이는 모양이다.

"거북이야."

"마, 만져 봐도 될까?"

"그래."

배토벤을 손바닥에 올려놓았다.

스칼라의 숨이 거칠어지고 조심스레 뻗은 손을 경계하는 듯 배토벤이 목을 움츠렸다.

"어, 얼굴이 들어갔어!"

"겁먹어서 그래."

"괜찮아? 머리가 없잖아!"

"원래 그런 애야."

"……신기하네."

스칼라가 아쉬운 듯 손을 내려놓았다. 자꾸만 힐끔거리는 게 영혼을 빼앗긴 듯하다.

이 녀석이 귀여운 탓도 있겠지만 생전 처음 보는 것들로 가득해서 뭐든 신기하고 좋을 때다.

같은 경험을 했던 덕에 스칼라의 마음은 십분 이해할 수 있었다.

"적응하는 건 어때?"

"매일 놀랄 뿐이야. 이렇게 멋진 세계가 있을 줄은 꿈에도 몰랐는데. 거듭 감사하지."

거부감이 없어 다행이다.

지금은 영화나 TV 프로그램을 통해 간접적으로 체험할 뿐이지만 말을 어느 정도 익힌 뒤에는 사회생활을 하도록 유도하는 편이 스칼라에게도 좋을 것이다.

나처럼 성장 과정을 거치는 게 아니기 때문에 기본 상식조차 없는 녀석이 적응하기엔 여러모로 어려울 테지만 경험을 많이 하는 것 외에 달리 방도가 없다.

"그럼."

"잠깐만."

일어서려 하는데 스칼라가 날 불러 세웠다.

"뭐 필요해?"

"그게 아니라. ……어제 연주회에서 요란한 복장을 하고 여러 악기를 다루던 여성분의 성함은 어떻게 되지?"

"왕소소."

녀석이 반복해 소소의 이름을 중얼거렸다.

"왜?"

"훌륭한 연주자를 기억하고 싶을 뿐이야."

"그래."

고개를 끄덕이고 나왔다.

문 앞에 스칼라가 남긴 쪽지가 있어 챙겼다.

하루에 한 번, 필요한 물건을 적어두라 했더니 이상한 걸 써놓았다.

'장작은 그렇다 쳐도 활은 어디다 쓰려는 거야?'

고향에서 만들어 온 소중한 바이올린 활이 있으니 무기를 말하는 걸 텐데, 사냥한답시고 동물원에 가기 전에 난방과 음식을 잘 챙겨주라 말해야겠다.

♪

퇴근한 왕소소는 방에 들어서자마자 침대에 몸을 파묻었다.

'졸려.'

오케스트라 대전까지만 해도 일부 매니악한 팬들만 있었던 왕소소에게 최근 몇 달간의 인기는 무감각한 그녀도 기뻐할 일이었다.

그러나 평소에 쓰지 않는 안면근육을 써 계속 웃고 있자니 그 피로감이 누적되고 있었다.

오늘도 쓰러지기 직전이라 씻을 생각도 못 하고 잠을 청하는데.

부우웅-

핸드폰이 진동했다.

재수탱이라는 단어가 액정에 비치자 왕소소가 한숨을 내쉬었다.

남매의 강압적이고 극적인 화해는 그리 오래가지 못했는데, 그녀는 전화기를 들 힘도 없어 스피커 모드로 통화 버튼을 눌렀다.

-야, 너 대체 무슨 생각이야?

가우왕의 목소리가 쩌렁쩌렁 울리자 왕소소가 베개로 귀를 틀어막았다.

그럼에도 가우왕의 목소리는 정확하게 전달되었다.

-가식적으로 웃으면 팬들은 다 느낀다니까?

'어쩌라고.'

왕소소는 왜 그런 부탁을 했을까 진심으로 후회하고 있었다.

누구도 직접 이야기한 적은 없었지만 배도빈이 없는 베를린 필하모닉 B는 디지털 스트리밍 매출에서 확연히 차이를 보였다.

오케스트라 대전 때부터 원맨팀이라는 이미지가 박혔거늘, 우승 후 그러한 이야기는 사그라질 줄로만 알았는데 그것이 아니었다.

동시 시청자 수가 수백만을 넘기던 B팀의 티켓 파워는 곤두박질쳤고 그 한계는 누구보다도 B팀 단원들이 스스로 느끼고 있었다.

배도빈은 케르바 슈타인을 B팀 지휘자로 임명, 찰스 브라움과 나윤희를 A팀 악장으로 보냈고 B팀 악장 중 원년 멤버는 왕소소뿐이었다.

그녀로서는 위기 상황에 책임감을 느낄 수밖에 없었고.

그러한 고민을 오빠 가우왕에게 꺼냈던 것이 화근이었다.

'연주회는 퍼포먼스야. 연주를 잘하는 건 기본이고 이목을 끌 요소가 필요하지. 꼬맹이가 없는 베를린 B에는 그게 없어.'

'그럼?'

'만들어야지. 연주할 때 머리도 한 번씩 팅겨주고 웃어주기도 하고 노려보기도 해. 의상도 중요하지.'

반신반의하며 그런 이야기를 케르바 슈타인에게 전한 왕소소는 의외의 대답을 받았다.

'해보자.'

케르바 슈타인 역시 정식 지휘자로 부임하고 실적에 압박받고 있었기에 여러 일을 고민하고 있었다.

천재 왕소소를 전면에 내세우는 것도 나쁘지 않다고 생각했다.

오랜 시간 교류가 없던 탓일까.

가우왕은 마치 자신의 무대를 준비하는 것처럼 왕소소의 모든 것을 검토했고 관여하려 했다.

거기에 퍼포먼스라고 하면 빠지지 않는 찰스 브라움까지 가세해 아이디어를 제공했고.

그 결과 또 새로운 팬을 유입되니 왕소소는 어쩔 수 없이 이끌려 다니게 되었다.

케르바 슈타인도 차차 호전을 보이는 관객 수에 만족하며 왕소소를 위해 곡을 편곡해 나갔다.

그런 상황이 몇 달째 누적된 지금.

왕소소는 다시금 오빠를 저주하게 되었다.

'죽어. 죽어.'

그녀가 오빠를 저주하고 있는 와중에도 가우왕은 계속해 잔소리를 늘어놓았다.

-팬들이 열광하는 건 항상 웃는 네가 아니라 가끔씩 웃는 너라고. 힘들어 죽겠는데 억지로 웃고 있어요라고 해봤자 동정표를 얻을 뿐이야. 네게 빠져들게 해야 해.

가만히 듣고 있던 왕소소가 벌떡 일어나 핸드폰에 대고 소리쳤다.

"몰라!"

그러고는 신경질적으로 통화를 끊어버렸다.

도대체 어떻게 해야 좋을지 몰라 답답하기만 했다.

이미 베를린 B의 주 레퍼토리가 된 것을 변경할 수도 없고 그렇다고 계속 전면에 나서서 민망한 행동을 하자니 그럴 만한 성격도 아니었다.

무엇보다.

갑자기 늘어난 팬이 눈에 밟혀 쉽게 그만둘 수도 없었다.

정말 하기 싫은 일이기는 하지만 그 모습을 보고 좋아해 주는 사람들을 보고 있자면, 자신을 좋아해 주는 모습을 보고 있자면 행복했다.

"……."

소소는 죽은 듯이 엎드려 생각을 정리하다 벌떡 일어났다.

그리고 방문을 열어젖혔는데 마침 복도에 해결해 줄 사람이 걸어가고 있었다.

"도빈!"

말을 끊어 말해서 이해하기 쉽지 않았지만 소소의 답답함도 어느 정도 이해할 수 있었다.

전과 다른 모습에 이상하다고는 생각했지만 그런 일이 있을 줄은 몰랐다.

이건 연주와는 별개 문제다.

귀가 좋아지면서 베를린 필하모닉 B의 연주에 실망했던 일은 차치하고, 소소가 겪는 부담은 분명 해결해야 할 중대 사항이다.

'대체 무슨 짓을 시킨 거야.'

집은커녕 방 밖으로도 나오지 않는 사람이 요란한 퍼포먼스를 한다든가 공연 뒤에도 팬들과 어울려 사진을 찍어주는 등 훌륭한 스타로 활동했으니 부담을 느끼는 것도 당연하다.

가우왕이나 찰스 브라움 같은 경우는 그런 걸 즐기는 부류라 모르겠지만 소소의 성격상 그런 걸 받아들일 수 있을 리 없다.

"소소가 하고 싶지 않으면 누구도 강요할 수 없어요."

우선은 안심시켰다.

"팬들이 좋아해. 그런 짓 하지 않으면 좋아해 주지 않게 될 거야."

이게 가장 큰 문제다.

만들어진 이미지를 유지하는 게 개인으로서는 큰 부담일 수밖에 없는데 그걸 유지하지 않으면 더 이상 사랑받지 못할 거라는 게 지금 소소를 괴롭히는 걱정거리.

새로운 시도는 내가 항상 추구하는 일이고.

관객을 즐겁게 하는 것도 연주회의 가장 앞선 목적이지만 그것만을 생각해 연주자가 망가지는 건 용납할 수 없다.

연주를 듣는 사람이 중요한 만큼 연주하는 사람도 중요하니까.

한쪽이 일방적인 관계로는 '대화'가 즐거울 리 없다.

"오늘은 걱정 말고 푹 자요. 내일은 답이 생길 테니까."

고개를 끄덕이긴 하지만 그리 믿지는 못하는 것 같다.

다음 날.

출근 시간에 조금 앞서 케르바 슈타인과 찰스 브라움을 회의실로 불렀다.

우선 이들의 생각을 들어보는 것이 우선이겠다 싶어서 케르바 슈타인에게 이번 '버라이어티 쑈'를 어떻게 생각하는지 물었다.

"부끄럽지만 네가 없어지고 나서 확실히 B팀을 찾는 관객이 줄어들었어. 소소 악장을 앞세운 버라이어티 쑈를 하기 전까지는 말이야. 그녀에겐 정말 감사하지."

찰스 브라움이 거들었다.

"그녀는 단순 구성원을 벗어나 스타성을 가진 인재야. 덕분에 B팀 운영이 수월해졌고."

예상대로 케르바 슈타인과 찰스 브라움은 베를린 필하모닉을 위하고 있다.

아마 가우왕의 경우에는 소소 본인을 위한 일이라고 생각할 거다.

"결과는 확실히 좋네요."

두 사람이 고개를 끄덕였다.

"하지만 소소에게 가해지는 부담이 커요. 이번 연주회 하루에 한 번씩 일주일 넘게 하잖아요."

"……그렇지."

"또 아무리 소소라도 여러 악기를 준비하는 게 쉬울 리 없죠. 연주만 준비하는 게 아니라 다른 것도 준비해야 하니까 개선이 필요해요."

케르바 슈타인의 표정이 어둡다.

진지하게 받아들여 다행이다.

"또 정말 그걸 팬들이 바라는 일인지 모르겠어요."

"그건…… 관객 수가 늘어나니까."

부정하는 케르바 슈타인을 보며 고개를 저었다.

"이번 일에 조언을 한 찰스나 가우왕의 경우에는 처음부터 솔로로 활동했어요. 찰스의 공연을 보러 오는 사람은 찰스를 보러 오는 거지만, 우리 콘서트홀을 오는 사람은 뭘 기대하고 올까요?"

찰스가 잠깐 고민하더니 고개를 끄덕였다.

"그렇군."

"네. 지금은 기존 팬들이 남아 있어 주니 소소의 개인 팬이 유입되면서 일시적으로 관객이 늘 거예요. 하지만 이런 식으로 계속하다간 기존 팬들을 잃을 테죠."

케르바 슈타인의 입장을 이해하지 못하는 건 아니다.

푸르트벵글러를 휴가 보낼 때처럼 임시가 아니라 악단 내외적으로 공식 지휘자가 되면서 느끼는 압박이 컸으리라.

뭘 해도 안 되니 눈앞의 성과에 집착하게 되었을 텐데, 그 조바심이 그리 좋은 결과를 가져다주진 못할 것이다.

"첫 번째 날 객석에 앉아 있는데 소소의 팬들이 소리를 치더라고요. 악장 사이마다 그러기도 하고."

베를린 필하모닉 콘서트홀의 불문율은 악장 사이의 침묵.

기침 같은 경우는 어쩔 수 없지만 기본적으로는 정숙해야 한다.

"티를 내진 않지만 분명 그것에 불만을 가진 사람도 있을 거예요. 미래의 고객을 생각하는 것보다 우리를 사랑해 주는 사람들을 챙기는 게 우선이겠죠."

"맞아. 내 생각이 짧았어."

케르바 슈타인이 얼굴을 감싸 쥔다.

"도전은 언제나 응원해요. 필요한 건 얼마든지 지원할 거고요. 하지만 우리가 우리로서 존재하지 못하게 될 일은 할 생각 없어요. 관객이 즐거운 게 최우선이지만 이번 콘셉트는 아닌 것 같아요."

이곳을 찾아주는 사람들은 여러 악기를 다루는 왕소소를 보고 싶어 하지, 가면을 바꿔 쓰고 어색한 미소를 지으며 사진을 함께 찍는 왕소소를 기대했던 건 아니라고 생각한다.

이 일은 나도 경각심을 가지고 기억해야 한다.

내가 나로서 있지 못할, 베를린 필하모닉이 정체성을 잃게 될 일은 지양해야 할 것이다.

또.

B팀의 수준을 끌어올리기 위함으로써도 좋은 기회다.

"당분간 전통적인 방식으로 가요. 편법이 아니라 연주의 완성도를 높이는 쪽으로. 케르바라면 해낼 수 있어요."

"그래. 당장 오늘부터 그래야겠어. ……미안하네, 소소 악장한테도. 너한테도."

"최고의 자리에 있잖아요. 따를 만한 사람도 보고 배울 게 없으니 시행착오를 겪는 건 어쩔 수 없죠."

"나도 명심하지."

찰스도 케르바 슈타인과 함께 고개를 끄덕였다.

미팅을 마치고.

이러한 이야기를 정리해 푸르트벵글러에게 말해주니.

흡족하게 웃었다.

"잘했다. 완벽한 음악도, 관객을 위한 음악도, 재밌는 음악도 중요하지만 정체성을 잃은 연주가 관객들에게 전달될 리 없지."

푸르트뱅글러는 그렇게 고쳐나가면 된다고 덧붙였다.

"그래, 이제 슬슬 신년 음악회도 준비해야 할 텐데 어떻게 할 테냐."

"아, 잊고 있었는데 마침 잘 말하셨어요."

"음?"

"단원들 조율 좀 들어가려고요. 모레부터 A랑 B에서 몇 명 차출할 거예요."

"학하하하! 녀석들 우는 소리가 벌써부터 들리는구나. 그래, 네 악단이니 마음대로 해."

그럴 생각이다.

· 73악장 ·
신년 음악회

"억!"

소소의 일을 해결한 뒤 가우왕의 엉덩이를 걷어차 주었다.

"무슨 짓이야!"

"오빠라면서 동생 마음을 그렇게 몰라요?"

"뜬금없이 뭔 말이야?"

무슨 일이 있었는지 말해주니 넘어진 채 일어서지도 못한다.

인기가 많아졌으니 힘들어하고 있을 거라고는 생각도 못 했던 것 같다.

애초에 가우왕이나 나 같은 성격이 아니라는 걸 몰랐던 것 같기도 하고 유명해진다와 기쁘다를 동일시하는 가우왕의 착각에서 기인한 일이기도 하다.

"안 그래도 힘든 사람한테 조언이랍시고 부담을 주면 어떡해요? 나 같아도 짜증 나겠구만."

"소소가……."

생각보다 충격인 듯.

한동안 가만있더니 벌떡 일어난다.

"지금 걔 어딨어?"

"일하고 있죠."

대답하자마자 뒤돌아 뛰어가려는 걸 막아섰다.

"어쩌려고요?"

"미안하다 해야지!"

평소에는 이 인간처럼 마이 웨이인 사람도 없는데 동생에 대해서만큼은 바보가 되는 듯하다.

"갑자기 오빠가 직장에 찾아와 사과한다 생각해 봐요. 더 싫을걸요?"

"……."

"오늘 저녁에 만나서 이야기해요. 소소 위해서 한 일이라는 거 모를 리 없을 테니 잘 말하면 이해해 줄 거예요."

듣고 보니 맞는 말이라 생각했는지 의자에 털썩 앉아 담배를 꺼내 든다.

잡아채서 테이블에 내려놓으니 애꿎은 라이터만 켰다 껐다 반복했다.

"가우왕은 지켜봐주기만 하면 돼요. 나이 차이가 많은 동생이라 해도 소소는 이미 한 사람의 성인이니까 그녀만의 길이 있을 거예요."

가우왕은 테이블에 시선을 고정한 채 한동안 말이 없다가 정신을 차렸다.

"그래."

재능 있는 동생이 좀 더 많은 사람에게 인정받길 바라는, 더 유명해지길 바랐던 마음을 접어둘 줄도 알게 된 듯하다.

남을 사랑하는 일에 어설픈 친구지만 이렇게 금방 실수를 인정하는 건 그 마음만은 진실이기 때문.

그간 오빠다운 일을 하지 못했다는 생각을 하고 있었을 거다.

'나도 그랬으니까.'

지금 생각해 보면 나도 칼에게 이것저것 강요하는 것이 많았다.

베트호펜 가문의 유일한 후계자라는 점도 그러했고, 카스파 녀석의 유언 때문에라도 칼이 올바른 방향으로 성장하길 바랐었다.

카스파 그 녀석이 아무리 답답한 동생이었어도 남은 가족은 정말 얼마 없었으니까.

그런 내 마음이 칼을 궁지로 몰아넣고.

녀석이 가출하게 된 원인이었던 것 같다.

당시에는 괘씸한 녀석으로 여겼지만 사랑이 무엇인지 알게 된 지금 생각해 보면 그 마음과 별개로 '받는 입장'을 고려하지 못한, 서툰 삼촌이었다.

소소와 가우왕이 서로를 진심으로 아끼는 걸 알기에.

오해 없이 지냈으면 한다.

어렸을 때의 바보 같은 실수 때문에 벌써 십 년 넘게 떨어져 지냈으니 말이다.

그날 저녁.

요란한 복장도.

가식적인 미소도 없이 시작된 소소와 베를린 B의 협주, 버라이어티 쑈가 시작되었다.

여전히 흡족한 연주는 아니었지만 본래 모습을 찾은 베를린 필하모닉 B의 연주에 팬들은 더 없이 반가워했다.

'조율은 천천히 해나가면 돼.'

지금은 객석과 무대가 하나가 되었다는 게 더 중요하다.

진중한 분위기에 소소의 개인 팬들도 주변 공기를 읽고 악장마다 소리치는 일은 없었으니 응급수술치고는 썩 괜찮아 보였다.

└소소 도도한 거 봐 ㅠㅠㅠ

└쑈 또?

└그만 줄여 미친놈아.

ㄴ어깨 힘 뺐네. 난 이쪽이 더 좋더라.

ㄴ난 눈이 즐거워서 어제 같은 것도 좋았는데.

ㄴ취향이 여러 개인 만큼 베를린 필도 이것저것 시도해 보는 중이겠지. 내년에 개편한다고 하잖아.

ㄴ이미 오케스트라 대전에서 1, 2등 했는데 뭘 또 이렇게 급하게 바꾸려는 걸까. 오케스트라 대전 때처럼 운영하면 수입은 보장되어 있는데.

ㄴ그게 너처럼 평범한 사람의 생각이고. 배도빈이나 푸르트벵글러는 그렇게 생각 안 하겠지.

ㄴㅇㅈ 항상 도전해 왔던 사람들이니 정점까지 오른 거야. 도중에 안주했으면 세계 최고라 불렸겠냐?

ㄴ소소 다른 악기도 좋은데 얼후가 확실히 좋다. 난 저 악기는 소소가 연주하는 것만 들었는데도 좋아.

ㄴ다 좋은데 도빈이 언제 복귀하냐아 ㅠㅠㅠ

디지털 스트리밍 채널의 댓글 반응도 좋다.

베를린 필하모닉은 진정으로 같이 생각해 주고, 그 미래를 기다려준다는 점에서 팬들에게 고마울 뿐이다.

"야, 야! 같이 가!"

"떨어져서 와."

공연이 끝나고 나란히 걸어가는 남매를 보고 있으니 흐뭇해졌다.

♪

정점의 피아니스트.

무결점의 피아노라 알려진 거장 크리스틴 지메르만은 오케스트라 대전에서 인상 깊게 보았던 젊은이를 마음에 두고 있었다.

최지훈.

2005년생의 어린 피아니스트는 가우왕 이후 처음으로 그녀를 설레게 했다.

섬세한 타건으로 감정을 세공해내는 과정은 첫 번째 제자, 가우왕이 19살이었을 때와는 비교할 수 없었다.

저 아이를 완성시키고 싶다.

크리스틴 지메르만은 그런 마음으로 러브콜을 보냈고, 5개월이 흐른 뒤에야 그를 만날 수 있었다.

"들어와요."

"감사합니다."

그녀는 고개를 숙이며 안으로 들어선 최지훈을 보며 흡족했다.

'품위는 갖췄네.'

크리스틴 지메르만은 자세와 말투만 봐도 최지훈이 훌륭한 환경에서 교육받았다는 걸 알 수 있었다.

당당히 뻗는 다리와 곧은 등.

눈과 입은 살짝 웃고 있으며 그 모습이 자연스럽다.

과하지 않은 선에서 여유와 당당함을 내비치니 과연 귀족의
풍모였다.

따뜻한 차를 앞에 두고 두 사람이 마주 앉았다.

"연락한 지 꽤 되었는데 이제야 대화를 나눌 수 있네요."

크리스틴 지메르만이 웃으며 말했다.

"직접 불러주신 만큼 신중하고 싶었습니다."

'좋은 태도야.'

어떤 피아니스트도 크리스틴 지메르만 앞에 서면 떨기 바빠
말조차 제대로 꺼내지 못했다.

더욱이 이렇게 추궁하듯 물으면 여지없이 사과나 변명부터
늘어놓았는데, 지금까지 단 두 명만이 다른 반응을 보였다.

그 두 사람은.

'웃기지 마, 이 할망구야!'

겁 없는 첫 번째 제자와.

"이제는 그 마음이 섰고요."

두 번째 제자로 들이고 싶은 최지훈이었다.

크리스틴 지메르만은 가우왕을 통해 최지훈을 제자로 들이
고 싶다는 뜻을 내비쳤다.

세계 최고의 피아니스트가 한 말이니 보통은 기뻐 쪼르르

달려왔을 텐데, 신중히 생각하고 마음이 섰을 때 왔다는 최지훈의 말이 그녀를 즐겁게 했다.

그만큼 크리스틴 지메르만의 제자가 된다는 일을 무겁게 여긴다는 뜻이고.

그것이 곧 꿀 발린 백 마디의 말보다 그녀를 존중하는 일이었기 때문이었다.

'어쩜 이런 애가 다 있을까?'

생각과 행동에 어설픔이 없다.

그러면서도 얼굴과 마음에는 천진한 미소를 띠고 있으니 그 깐깐한 크리스틴 지메르만조차 최지훈을 인정하지 않을 수 없었다.

두 사람이 눈을 마주하고.

서로 충분히 준비가 되었을 때 최지훈이 입을 열었다.

"전 제 길을 알고 있어요. 그 길을 걷기 위해 무엇을 해야 하는지도 알고 있고요."

낭랑한 목소리로 전해진 명백한 거절에 크리스틴 지메르만은 애석할 뿐이었다.

"그렇군요."

재능 있는 후학을 키워내 가르치는 일은 성인의 큰 기쁨이지만 강요할 수는 없는 법.

그녀는 아쉬움을 달랬다.

"당신의 태도는 앞으로 가장 큰 힘이 되어줄 거예요. 그 어떤 재능보다도."

"감사합니다."

"바라는 바를 이루길 바랄게요."

크리스틴 지메르만이 손바닥을 들어 보이며 차를 권했고 최지훈은 거절하지 않았다.

차로 목을 축인 뒤.

그녀가 다시 입을 열었다.

"그 길은 무엇인가요? 최고의 피아니스트? 아니면 베를린 필하모닉의 퍼스트 피아노?"

그 질문에 최지훈이 활짝 웃었다.

"그것도 중요하지만 조금 달라요."

"다르다."

"네. 완벽한 연주를 하고 싶어요. 그게 제 꿈이에요."

크리스틴 지메르만은 최지훈이 계속해 이야기하길 바라며 그를 지켜보았다.

"어떻게 표현해야 좋을지 모르지만 그러고 싶어요. 욕심이 많아서 언젠가 만족할 수 있는 연주를 하고 싶거든요."

"완벽한 연주를 하면 만족할 수 있을 테니까?"

"네."

"당신이 생각하는 완벽한 연주는 무엇인가요?"

미스가 없는.

훌륭한 구성력.

화려한 기교.

모든 것이 요소가 될 순 있었지만 적어도 최지훈은 그뿐만이 아니라고 생각하고 있었다.

모든 요소에 끝이 없었기 때문.

"오늘 멋진 연주를 해도 내일, 모레는 더 멋진 연주를 할 수 있었으면 해요."

"그러면 영원히 완벽한 연주는 못 하는 거 아닌가요?"

최지훈의 말은 모순되어 있었다.

그러나.

크리스틴 지메르만은 최지훈이 무슨 생각을 하고 있는지 짐작해 볼 수 있었다.

그것은 정점에 이른 이들이 공통적으로 가지고 있는 집착이었다.

"네. 하지만 완벽하기 위해 계속 달릴 수 있으니까요."

안주하지 않는 정신.

만족할 줄 모르는 욕심과 음악에 대한 사랑이야말로 위대한 음악가를 만드는 요인이었다.

'정말 알고 있어.'

크리스틴 지메르만은 자기가 갈 길이 있고 어떻게 가는지도 알고 있다는 최지훈의 말을 떠올리며 고개를 끄덕였다.

완벽한 연주를 위해 노력하지만.

그게 불가능한 일이라는 것을 알기에 평생을 달려 나가는 마음가짐.

정점의 피아니스트는.

최지훈이 그것을 인지하고 있다면 본인이 돕지 않더라도 언젠가 정상의 자리에서 다시 만날 수 있을 거라 여겼다.

"멋진 생각이네요."

최지훈이 웃은 뒤 처음으로 말끝을 흐렸다.

"저……."

의아하여 눈을 깜빡이는 크리스틴 지메르만에게 최지훈이 쑥스럽다는 듯 입을 열었다.

"사인 부탁드려도 될까요?"

불쑥 내민 사인지와 펜. 벌어진 가방에는 작은 액자까지 들어 있었으니 크리스틴 지메르만은 정말 오랜만에 소리 내어 웃고 말았다.

"요즘 친구들은 정말 예측할 수 없네요."

어쩔 수 없다는 듯 종이와 펜을 건네받은 크리스틴 지메르만은 사인을 하고 최지훈의 이름을 적었다.

그것을 넘겨주고는 그녀 역시 부탁을 꺼냈다.

"쇼팽이 듣고 싶네요."

쇼팽의 권위자 앞에서 쇼팽을 연주하라니.

최지훈은 난감했으나 재촉 없이 다섯 달이나 기다려 주었던 크리스틴을 생각하며 피아노 앞에 앉았다.

"어떤 걸 연주할까요?"

"가장 잘할 수 있는 걸로."

크리스틴은 좋은 연주를 들을 생각으로 차를 조금 머금은 뒤 눈을 감았다.

'어떤 연주를 들려주려나.'

그 기다림 뒤에.

최지훈의 연주가 시작되고 정점의 피아니스트는 눈을 부릅뜨고 말았다.

장식음이 과하게 들어간 그 연주는 조금도 부담스럽지 않았다.

수천 개의 음표들이 마치 점묘화처럼 악상을 풍부하게 전달하였고 그야말로 완벽하게 조율된 타건 속에서 울리는 쇼팽의 애수.

연주가 진행되는 속도는 평범했지만 기존보다 훨씬 많은 양의 음계가 들어갔기에 그 연주 속도는 이미 한계에 도달해 있었다.

'어느 틈에⋯⋯.'

오케스트라 대전 2라운드 이후 고작 반년.

훌륭한 후배로 보았던 최지훈의 연주에 최고의 피아니스트 크리스틴 지메르만은 경악하고 말았다.

♪

한편.

"힘들면 힘들다고 말을 하지 왜 참고만 있어?"

"했잖아!"

"안 했어!"

"죽으라고 했잖아! 죽어!"

미안해, 괜찮아로 시작된 남매의 대화는 어느새 격해져 배도빈 저택에 이를 때까지 이어졌다.

말이 통하지 않자 가우왕의 정강이를 냅다 차버린 소소는 자기 방으로 올라갔고.

1층에서 놀던 진달래와 배도진, 배토벤은 떼굴떼굴 구르는 가우왕을 멍하니 볼 뿐이었다.

"삽살개 아저씨 왜 저래?"

"또 짜증 나게 했나 봐."

그러다 이내 관심이 없어져 무시하고는 다시 블록을 쌓아 나갔다.

부우우웅-

버려진 가우왕은 고통을 겨우 견디고 핸드폰 화면에 뜬 이름을 확인했다.

오만상을 다 쓰며 스승이 보낸 메시지를 확인했는데 구겨진 얼굴이 더욱 험악해졌다.

[열심히 하지 않으면 따라잡힐 거야. 사랑하는 제자에게.]

'이 할망구가 드디어 노망이 났나.'

크리스틴 지메르만이 보낸 메시지에 피아노 앞에 앉아 있는 최지훈이 밝게 웃고 있었다.

12월 26일.

28일부터 1월 1일까지 5일간 이어질 신년 음악회를 이틀 앞둔 시점에.

배도빈과의 협주곡을 위해 차출된 단원들은 상임 지휘자와 악단주의 사랑 가득한 횡포에 반쯤 죽어 나가고 있었다.

"틀려. 틀려. 틀려!"

"현을 더 눌러요. 더. 너무 갔어요."

"악센트가 죽잖아! 다시!"

"넘어오는 게 빨라요. 충분히 기다렸다가 와야 한다고요. 빨라!"

푸르트벵글러와 배도빈이 번갈아 가며 지적을 해대니 B팀 출신은 물론 A팀 소속 베테랑 연주자들까지 정신을 차릴 수 없었다.

"여기까지. 내일은 개인 정비 하고 모레 오전에 다시 모이도록."

마침내 연습 시간이 끝나고.

단원들은 지쳐 차마 짐을 챙길 기력도 없이 너부러졌다.

"다들 안 가?"

악기를 챙긴 이승희가 주변을 둘러보며 묻자, B팀에서 차출된 첼리스트 사샤 크레거가 이승희에게 손을 뻗었다.

"끄으윽. 저 여기서 못 버틸 것 같아요오. B팀으로 돌려보내 주세요."

"그건 도빈이나 세프한테 말해."

당연히 받아주지 않을 걸 알기에 말 못 하고 있었던 사샤 크레거는 고개를 숙이고 절망했다.

"확실히 터프하긴 하네."

목 근육을 풀며 마누엘 노이어가 다가왔다.

"진짜 그렇다고요. 전보다 훨씬 힘들어졌어요."

사샤 크레거만의 생각은 아니었다.

지금까지 A팀은 빌헬름 푸르트벵글러가, B팀은 배도빈이 전담하고 있었기에 어느 한쪽의 요구만 충족하면 되었지만.

신년 음악회를 위해 새로 구성된 팀은 그러지 못했다.

그러지 않아도 빡빡한 일정을 소화하고 있던 단원들은 폭군과 마왕의 거친 교육을 감당키 부담스러웠다.

그 과정은 처음 음대에 입학했을 때보다도 혹독하여, 자신의 모든 게 잘못된 것만 같은 불안을 느낄 정도였다.

"셰프가 화내실 때마다 심장 떨어지는 것 같아요."

"보스가 바라시는 게 뭔지 감도 못 잡고 있어요. 저 같은 건 여기 있을 자격이 없어요."

몇몇 B팀 출신들이 느끼는 자괴감에 이승희와 마누엘 노이어도 조금 걱정되었다.

확실히 베테랑이자 최고의 연주자인 두 사람이 느끼기에도 빌헬름 푸르트벵글러와 배도빈은 가혹할 만큼 완벽함을 추구하고 있었다.

헨리 빈프스키, 이승희, 마누엘 노이어, 진 마르코, 나윤희 정도를 제외하면 40명 정도 되는 인원 모두가 하루에도 몇 번씩 지적받았다.

문제는 그중에서 배도빈이 요구하는 바를 제대로 이해하는 사람이 적다는 것이었다.

배도빈이 직접 연주를 해 비교해 주어도 단원들로서는 이해할 수 없었고.

몇몇 우수한 이들만이 어렴풋이 알아들을 정도니 지적당한 이들은 단지 능력이 부족해 본인의 실수를 개선하지 못하는 형편이었다.

그러니 지적은 반복되고 단원들은 막연하게 노력할 뿐이라.

그 반복되는 상황 속에 자괴감을 느끼는 것이었다.

"우는소리 그만해. 최고가 되려고 들어온 거 아니었어?"

그때 그 역시 혹독하게 지적받은 한스 이안이 나섰다.

"세계 최고의 오케스트라에서 연주하려면 이 정도는 해내야지. 포기하고 싶으면 나가."

비록 말투는 험했지만.

한스 이안은 최고가 아니면, 완벽하지 못하면 무대에 오르지 않는 베를린 필하모닉의 정신을 말하고 있었다.

철저히 성과제로 운영되기 시작한 베를린 필하모닉은 전과 달리 단원들에게 충분한 보상과 휴식을 주었고.

무려 10년간 견습 단원으로 있었던 한스 이안은 지금의 베를린 필하모닉을 더할 나위 없이 좋은 상태로 여기고 있었다.

그런 상황에서 연습이 힘들다고 투정하는 걸 용납할 수 없었다.

자부심.

그것은 최고라는 이름에 대한 경의이자 자긍심을 훼손하는 일이었다.

그것을 모르는 단원들은 없었기에 연습실은 숙연해졌다.

"너……."

마누엘 노이어가 한스를 기특한 눈으로 바라보며 입을 열었다.

"오늘 제일 많이 틀린 놈이 건방지게 훈육은 무슨 훈육이야? 백 년은 일러, 인마!"

"칫."

마누엘 노이어의 일침에 한스 이안이 한 발 뒤로 물러서자 후배 단원들이 조금씩 웃기 시작했다.

선배들의 대화에 답답했던 마음이 조금은 풀어지는 것 같았다.

베를린 필하모닉의 단원 중에서도 최고 선임 중 한 명인 헨리 빈프스키는 그런 모습을 보며 흡족하게 웃었다.

'잘 바뀌고 있어.'

40년 넘게 이어진 빌헬름 푸르트벵글러 체제.

겉으로는 철옹성이었지만.

고참들 사이에서는 과연 차기 상임 지휘자가 베를린 필하모닉을 잘 이끌어나갈 수 있을지 의문이었다.

그만한 카리스마를 가진 이도 드물고 능력은 말할 것도 없었기 때문.

그러나 지금의 베를린 필하모닉은 스스로 자긍심을 가지고 배도빈이라는 새로운 체제를 받아들이고 있었다.

그 마음을 바탕으로 선후배가 서로 밀고 끌어준다면 앞으로도 완벽한 연주를 위해 끝없이 나아갈 수 있을 것 같았다.

'요즘 젊은이들 같지 않다니까.'

50대의 헨리 빈프스키는 요즘 아이는 끈기도 열정도 없다고 생각하던 고루한 아저씨였지만 최근 들어서는 그러한 생각을 고치게 되었다.

배도빈의 경우에는 언제, 어디서든 생기는 돌연변이로 여겼지만 B팀의 신출내기도 진지하기로는 빠지지 않았다.

라이든샤프트로 명명된 새 시대의 젊은 음악가들은 정말 열정적으로 음악에 임했다.

그가 보기에도 배도빈의 복귀 무대이자 신년 음악회 준비는 빡빡하기 그지없거늘.

비록 힘들다고 칭얼대긴 하나 결국 마지막 연습까지 마친 B팀 단원들이 자랑스러웠다.

'……이제 슬슬 은퇴해도 될 것 같은데.'

헨리 빈프스키는 어느새 깔깔 웃고 있는 단원들에게 인사하고는 집으로 향했다.

7월 오케스트라 대전 결승 이후.

무려 다섯 달 만에 배도빈이 무대에 선다는 소식이 널리 퍼졌다.

그를 사랑하는 전 세계 유명인사와 팬들이 베를린을 찾은 것은 당연한 수순.

사카모토 료이치를 비롯한 음악계 거장들은 물론, 명장 크리스틴 노먼 감독을 비롯하여 그 영화에 출연한 유명 배우들이 모인 가운데.

다시 한번 배도빈과 협업을 바라는 〈더 퍼스트 오브 미〉의 총괄 기획자 제임스 터너와 그 경쟁사인 조조 소프트, 스노우 스톰, 스퀘어 피닉스의 총괄 디렉터까지 얼굴을 비췄고.

베를린 필하모닉과 사업적 교류를 맺고 있는 뉴튜브, 미시시피, 웹플릭스, JH 등의 유력 인사를 포함한 재계의 거대한 손들에 베를린 시장과 독일 총리를 비롯한 정계 유력 인사까지 함께하였다.

그 장면이 뉴스 보도를 타고 각국에 전파되자 팬들은 놀라움을 넘어 어이가 없고 말았다.

└아닠ㅋㅋㅋㅋㅋ대체 뭔데ㅋㅋㅋ

└킥에에에엑!

└그냥 도라이 수준인데;;

└혼란하다 혼란해!

└셀럽이란 셀럽은 죄다 모였구만.

└어지간한 사람은 저기서 명함도 못 내밀겠다.

└배도빈 대단한 건 알겠는데 저 사람들 대체 왜 저기 다 모인 거임?

└여러 이유가 있겠지. 배도빈의 연주회를 찾을 정도로 나는 교양 있

는 사람이라고 선전할 수도 있고 또 배도빈의 이름값 때문이라도 얼굴 비추겠지.

└애초에 저런 곳에 얼굴 비추면 그것만으로도 어지간한 광고보다 나아.

└배도빈이 작업한 콘텐츠가 죄다 성공했으니까. 음악 하는 사람들도 영화, 게임 쪽에서도 관계를 유지하고 싶지 않을까?

└베를린 필하모닉이 올해 벌어들인 돈이 못해도 수천억 원은 될 텐데 거기 주인이 복귀하는 자리에 당연히 사람이 쏠리지.

└개오바야;; 무슨 오케스트라가 수익이 수천억 원이야.

└작년 총매출액이 조를 넘겼으니까 올해는 가능할걸? 오케스트라 대전 상금도 있었고.

└ㄴㄴ 배도빈 공백 기간 길어서 작년하고 비슷한 수치면 감지덕지임.

└와 진짜 최종보스급이네;;

└배도빈 쟤는 이미 탈인간이야. 마왕이다 신이다 하는데 농담이 아니라 진짜 쟤가 하는 행동 하나랑 말 한 마디의 영향력이 비슷하면 비슷했지 덜하진 않을걸.

└현장에서만 파는 티켓이 하루 만에 매진되었다고 하잖아. 사람들 줄 서 있는 뉴스 못 봤어?

└나도 그거 봄. 일주일 전부터 사람들이 몰려와서 걔들 얼어 죽을까 봐 텐트도 쳐주던데.

유력 인사를 제외하고도.

배도빈의 복귀 무대에 대한 반응은 팬들의 티켓 구매 과정부터 드러났다.

하필 복귀 무대가 6개월 전에 예약해야 하는 베를린 필하모닉 신년 음악회인지라 표를 구하기 위한 전쟁이 일어난 것.

암표로 사려 해도 최소 천만 원 이상이었고 그마저도 구할 수 없으니 평범한 사람들로서는 꿈에도 꾸지 못할 정도였다.

"카밀라, 암표 파는 놈들 다 잡아들이세요. 절대 용서하지 말아요."

"응. 지금도 움직이고 있으니까 걱정 마."

"애초에 암표 막을 방법은 없는 거예요?"

"여러 문제가 있어서 대응책을 마련해도 계속 뚫리고 있어."

"……그 일은 카밀라에게 맡길게요. 멀핀, 암표 때문에 오고 싶어도 못 오는 사람들은 어떻게 해요?"

"딱히 뾰족한 방법은 없어요. 공급을 늘리는 방법이 있지만 그렇게까지는……."

"28일 하루 더 하기로 해요. 티켓은 현장에서만 판매하고 신분증 대조해서 일치하지 않는 사람은 입장할 수 없다고 미리 공표해 주세요."

"도, 도빈아, 잠깐만."

"네."

"공연 일정을 더 잡는 거야 문제없는데. 현장에서만 팔면 지금 있는 창구로는 감당 못 해. 하루 공연만 해도 1, 2부 7,000표인데 한 사람당 1분씩 걸린다 해도 다른 업무 못 봐. 아니, 세 개 창구를 계속 돌려도 24시간으론 부족할걸?"

"임시로 필요한 만큼 늘리도록 해요. 베를린까지 찾아온 팬들을 돌려보낼 순 없어요."

"그, 그렇기야 하지만."

"사무국 직원으로는 감당이 안 되면 아르바이트생이라도 구해요. 직원들이 추가근무 하면 통상 급여의 두 배씩 지급하시고요."

"……."

그들이 파악하고 있는 대로.

미리 표를 구하지 못했던 이들은 발만 동동 구르고 있었다.

그런 그들을 위해 베를린 필하모닉은 과감히 28일, 공연 일정을 하루 더 늘려 현장을 찾은 이들에게만 표를 판매토록 조치하였다.

27일 오전 10시부터 시작된 현장 예매는 일주일 전부터 대기 인원으로 콘서트홀 주차장이 가득 찰 정도였고 건물 주변에는 텐트와 침낭이 심심치 않게 자리했다.

그렇게 베를린 필하모닉은 긴급 조달한 20개의 티켓 박스를 8시간 내내 쉬지 않고 가동해야만 했고.

그렇게 28일 정오와 저녁, 두 빈의 공연에 대한 총 7,000표의 티켓을 현장 판매로만 매진시키며.

또 한 번의 진기록을 세우고야 말았다.

다만 그로 인해 끼니조차 제대로 챙기지 못한 베를린 필하모닉의 직원들은 신년 음악회가 시작하기도 전에 녹초가 되어 버리고 말았다.

"국장님, 이거 다신 하지 말아요."

"진짜. 제발. 이건 아니잖아요."

"……도빈이가 표 없이 찾아온 사람들은 어쩌냐고 하는데 어떡해."

"아무리 그래도 그렇죠."

"저희가 미리 예약해야 한다는 거 감춘 것도 아니잖아요."

"저 사람들 감기 걸릴까 봐 손난로 주고 주차장에 아예 대형 텐트까지 치고 진짜 저렇게 다 해주면 어떡해요. 저거 설치하는 것도 어깨 빠지는 줄 알았는데."

"……우리 연봉 다 많이 올랐잖아. 요즘 우리처럼 대우받는 곳 없어."

"……"

맞는 말이었기에 그들은 통장에 들어올 돈을 생각하며 다시금 일어섰다.

전 세계 수백여 오케스트라의 정점.

베를린 필하모닉이 무대 위로 모습을 드러냈다.

기적적으로 티켓을 구한 관객들은 설렌 가슴을 조이며 그 면면을 살펴보았다.

신년 음악회를 위해 재편성된 베를린 필하모닉의 구성원들은 그 이름만으로도 왜 세계 최고로 불리는지 증명하는 듯했다.

악장으로 나선 헨리 빈프스키는 푸르트벵글러의 아이 중에서도 니아 발그레이와 함께 아름다운 음색을 내는 연주자로 유명했고.

제2바이올린을 맡은 나윤희 역시 오케스트라 대전에서의 불새 협주곡 이후 유럽에서 가장 사랑받는 연주자 중 한 명이었다.

활력 가득히 노래하는, 벌써 십 년 이상 최고의 첼리스트로 군림한 이승희는 물론.

역사상 가장 뛰어난 비올리스트 윌리엄 프림로즈와 비견되는 에밀 프리지아.

베를린 필하모닉의 베이스 수석으로만 30년 근속한 다니엘 홀랜드.

그 외에도 각 연주자는 지금 당장에라도 본인의 이름을 내건 음악단을 만들 수 있었으니.

각국에서 배도빈을 보기 위해 찾아왔던 이들도 신년 음악회를 위해 나선 최고의 선발진이 어떤 연주를 들려줄지 기대할 수밖에 없었다.

그리고.

"마에스트로!"

"마에스트로!"

마침내 지휘자 빌헬름 푸르트벵글러와 피아노를 맡은 배도빈이 무대에 올랐다.

관객들은 손수건을 흔들고 소리 높여 환영했다.

지구 전체를 홀려버린 불세출의 천재 음악가와 지난 40여 년간 최고의 지휘자로 군림해 온 폭군의 등장에 팬들의 가슴은 터질 것만 같았다.

수백 번 무대에 올랐던 배도빈도 그들과 같은 심경이었다.

무대 위에 올라 관객들의 환호를 받으면 척추를 타고 올라오는 짜릿한 쾌감에 더없이 행복했다.

더욱이 오케스트라 대전 이후 긴 공백 기간을 가졌던 터라 감회가 남달랐다.

시력을 잃고 조난되었을 때만 해도 이 자리에 서지 못할 수도 있다는 생각에 두려웠다.

'맘껏 하자.'

의지는 충만했다.

배도빈은 피아노 앞에 앉고 숨을 고른 뒤 눈을 감았다.

최고의 컨디션으로 연주하기 위해 오랜만에 무대에 올라선

흥분을 가라앉혀야만 했다.

솔직하게.

오래 기다려 주었던 팬들을 위한 무대 위에서 배도빈은 자신을 솔직하게 표현할 준비를 마치고 있었다.

천천히 눈을 뜬 그가 푸르트뱅글러에게 시선을 주었다.

'준비됐어요.'

시선을 교환한 푸르트뱅글러가 고개를 끄덕이고 헨리 빈프스키에게 신호를 주었다.

악단이 준비를 마치고.

폭군이 두 팔을 힘차게 벌리자 모든 악기가 활기차게 노래하기 시작했다.

차이코프스키 피아노 협주곡 2번 G장조.

영광의 피날레.

우승 트로피를 거머쥔 남자 위로 수만 개의 꽃잎이 떨어진다.

주제를 이어받아.

피아노가 홀로 아름답게 피어오르며 오케스트라는 그에 호응하듯 꽃잎처럼 춤춘다.

왈츠다.

피아노와 오케스트라가 무대 위에서 춤추듯 어울린다.

'오오.'

그 아름다움에 취할 수밖에.

관객들은 이제 막 연주가 시작되었을 뿐인데도 두 손을 꼭 모았다.

그보다 행복할 수 없었던 피아노의 멜로디가 어느새 조금씩 하강한다.

배도빈에 의해 하강하는 피아노는 가슴이 아리도록 흐느꼈다.

소중한 동료를 잃을 수도 있다는 상실감이 불협화음 속에서 흐드러지고.

피아노가 차마 연주를 이어갈 수 없게 되자.

오케스트라가 파르르 떨리며 지난날의 평화롭고 따뜻한 향수를 불러일으킨다.

배도빈의 피아노가 말한다.

'오늘 기분은 어때요?'

'이건 정말 멋진 곡이 될 거예요.'

'그때 기억나요? 더 퍼스트 오브 미 작업했을 때.'

사카모토 료이치를 향한 배도빈의 말들이 피아노 건반을 통해 전해지고.

그것이 이어질수록 잔혹한 현실은 클라리넷과 플루트로 더욱 서글퍼진다.

절망의 선율이 선명해질수록 갈팡질팡하는 피아노.

불안감을 고조시키는 현악기들.

떠나지 말라고.

데리고 가지 말라고.

비탄 속에 고뇌하는 배도빈의 마음과 함께 차이코프스키 피아노 협주곡 2번이 베를린 필하모닉 콘서트홀을 애처롭게 채워나갔다.

그리고 마침내.

마지막 인사.

이별을 직감한 두 위대한 음악가의 정수가 웅장하게 울려 퍼진다.

헨리 빈프스키가 이끄는 제1바이올린과 배도빈의 피아노는 마치 사카모토 료이치와 배도빈의 연주를 연상시키듯 구슬프고.

장렬하게.

최후를 노래했다.

간격을 길게 두고 울리는 팀파니와 묵직하게 눈물을 떨어뜨리는 콘트라베이스.

관객들은 어느새 사카모토 료이치와의 녹음을 떠올리며 연주를 이어나가는 배도빈의 심상 속으로 깊이 빠져 있었다.

죽어가는 벗을 앞에 둔 피아노는 그저 엉망으로 울 뿐.

마음은 갈가리 찢겨나가 호수에 비치는 달빛처럼 위태롭다.

'아아.'

그때.

신비롭게 반전되는 분위기.

한순간 내려온 굵은 빛에 피아노는 의아해한다.

그러나 이제 그를 떠나보내지 않아도 된다는 그 기쁨의 감정이 고조되며 의뭉스러움 속에서도 안도하는 피아노.

관객들도 한시름 놓는다.

그 순간 잔인하게 반전되는 악상!

칼날 같은 바람을 타고 내리는 눈.

갑작스레 찾아온 또 다른 시련.

함께 일하던 동료들은 대부분 죽고 눈보라가 이는 험지에 홀로 남겨진 배도빈은 좌절한다.

건반 위의 양손이 거리를 벌릴수록 이해할 수 없는 현상에 의한 두려움과 앞을 볼 수 없는 절망이 고조된다.

그의 동요가 나란히 움직이는 양손에서 전달되었다.

사랑하는 이들이 너무도 많았기에.

너무나 보고 싶었다고 말하는 듯한 애절한 피아노 소리에 콘서트홀을 찾은 팬들은 조용히 눈물을 훔쳤다.

오늘 배도빈이 준비한 차이코프스키 피아노 협주곡 2번의 진의를 이해한 것이었다.

오케스트라 대전 이후 찬란한 날만이 이어질 거라고 믿어 의심하지 않은 이들과 마찬가지로.

배도빈 역시 밝은 미래만을 생각했었기에 지난 몇 달이 크나큰 시련이었다.

그러나 마침내 건강한 모습으로 돌아왔고.

자신의 경험과 그때의 심정을 팬들에게 솔직하게 전달하고 싶었다.

너무나 보고 싶었다고.

그리웠다고.

천재 음악가의 고백에 팬들도 동조하기 시작했고.

그 마음이 연결된 순간.

베를린 필하모닉의 연주는 더 이상 평범하지 않았다.

아름다운 소리, 연주를 넘어서 대화와 이해로 이어졌다.

함께 슬퍼하고.

서로를 위로하며 기쁨을 나누는 50분간의 연주.

그 뒤에 터져 나오는 감동의 물결이 쌓이고 쌓여.

감당할 수 없을 만큼 높이 올라 관객들은 그들이 받았던 감동을 그대로 베를린 필하모닉에 돌려주었다.

"브라보오!"

슬픔과 행복을 준 베를린 필하모닉은 관객들의 격렬한 환호에 또한 감동한 나머지 잠시간 연주를 멈추고 온전히 그 기쁨을 받아들였다.

'정말 끝을 알 수 없어.'

객석에 있던 사카모토 료이치는 맺힌 눈물을 애써 무시하곤 박수를 보냈다.

배도빈이 타고 있던 비행기가 추락했다는 보도를 접했을 땐 가슴이 무너지는 것만 같았다.

자신을 자책하며.

늙은이의 욕심이 가장 빛나는 이를 죽음으로 몰아넣었다고 여기며 단 한시도 마음을 놓지 못했다.

배도빈이 살아 있다는 소식을 접하기 전까지 기껏 회복한 몸이 다시금 악화되었다.

그의 잘못이 아니라는 주변의 말 따위 들리지 않았다.

눈만 감으면 아른거리는 배도빈의 뚱한 표정과 눈물, 그가 연주하는 피아노 소리 때문에 사카모토 료이치는 눈에 띄게 쇠약해져 갔다.

그래서 살아 돌아왔을 때는 너무나 기뻤다.

구원받은 것만 같았다.

배도빈이 살아 있음에 감사하며 단숨에 베를린까지 날아와 그를 품에 안고서야 안도할 수 있었다.

그런데 이렇게 멋들어진 연주를 들려주니.

눈물을 흘리지 않을 수 없었다.

그의 복귀 무대는 지금까지의 너무도 훌륭했던 모습보다도 더욱 가슴에 와닿았다.

가슴을 폭행당하는 듯했던 예전과 달리 지금은 마치 연주자와 청자가 하나가 된 듯한 동질감을 느낄 수 있었다.

마치 시련 뒤에 더욱 굳세지는 신화 속 인물처럼.

더 나아갈 것 없이 보였던 완벽한 천재가 다시 한 발 내디뎠음을 확인한 사카모토 료이치는 좀 더 오래 살고 싶다고.

진심으로 그렇게 바랐다.

[베를린 필하모닉, 세계 최고의 이름을 각인시키다]

[크리스틴 지메르만, "베를린 필하모닉만큼 완성도 높은 오케스트라는 없다."]

[마리 얀스, "오케스트라 대전 이후 침체되었던 분위기가 반전되었다. 베를린 필하모닉의 핵심이 무엇인지 알린 무대."]

[사카모토 료이치, "완벽에 완벽을 더하는 그들의 행보에 팬으로서 기쁠 뿐이다."]

[미카엘 블레하츠, "오랜 공백이 무색했다. 피아니스트로서의 배도빈은 더욱 정교해졌다. 연주를 듣는 순간 동화되었다."]

[가우왕, "저런 실력 두고 오케스트라만 해대니까 답답한 거 아니야."]

[최지훈, "도빈이의 피아노와 어울리는 오케스트라는 베를린 필하모닉뿐이에요."]

수많은 음악가로부터 극찬을 받은 베를린 필하모닉과 배도빈의 신년 음악회는 첫 번째 날부터 큰 호응을 얻었다.

베를린 필하모닉 디지털 콘서트홀 서비스와 웹플릭스, 뉴튜브, 미시시피 비디오 프리미엄 서비스까지 4개 플랫폼에서 동시 송출된 당일 연주는 전 세계 800만 명이 동시 시청하면서 다시 한번 그들의 위엄을 과시하였고.

다소 침체되었던 분위기를 단숨에 반전시키고야 말았다.

그래모폰, 피가로, 타임지 등 각국의 주요 언론사에서는 배도빈과 베를린 필하모닉에 관한 기사를 쏟아내기 바빴고.

세계가 베를린의 마왕이 재림했음을 실감하던 도중.

테메스의 스칼라는 더없이 큰 충격을 받고야 말았다.

'이럴 수가.'

배도빈의 바이올린만 들었던 스칼라로서는 그 진면목을 목도한 순간 숨이 턱 하고 막히는 듯했다.

솔직하게 멋진 연주를 하는 정도라 생각했던 배도빈이 피아노 앞에 앉아 전혀 다른 사람 같았다.

건반 하나를 누를 때마다 퍼지는 영혼의 공명이.

마치 테메스 신의 목소리를 들을 수 있는 동굴의 물방울처럼 울려, 견딜 수 없을 정도로 신성하게 느껴졌다.

'바깥세상은 정말 놀라운 것뿐이다. 지금 가장 훌륭한 음악가는 누구지?'

'나.'

'농담은 그만해. 네가 뛰어난 바이올리니스트라는 건 알지만 난 좀 더 세계를 알고 싶어.'

본인을 역사상 가장 뛰어난 음악가라고 자부하던 배도빈의 말이 떠오르면서.

정말 그럴지도 모른다고.

그게 헛소리가 아니라는 생각마저 들었다.

피아노 연주를 접한 지 얼마 안 된 스칼라였지만 그의 뛰어난 음악성은 굳이 다른 이의 연주를 듣지 않아도 배도빈이 얼마나 대단한 피아니스트인지 말해주고 있었다.

거기다 헨리 빈프스키와 나윤희란 바이올리니스트와 여러 악기를 다루는 아름다운 왕소소까지 본인의 실력을 숨긴 채 완벽한 하모니를 이루는 모습을 보며.

정말 밖으로 나오길 잘했다고.

이런 곳이라면 정말 테메스 신을 기쁘게 할 연주를 완성할 수 있을 것 같았다.

스칼라는 그날 밤 찾아온 배도빈을 붙잡았다.

"날. 날 베를린 필하모닉에 넣어줘. 그들과 함께라면 나도 더욱 발전할 수 있을 거야."

간절한 호소와 희망찬 눈빛을 보며 배도빈이 입을 열었다.

"나 없으면 의사소통도 못 하면서 무슨 소리야?"

그러고는 잠시 생각한 끝에 좌절한 스칼라에게 좋은 제안을 했다.

　"유치원이라도 다녀볼래? 이것저것 가르쳐 줄 텐데."

　"베를린 필하모닉에 들어갈 수만 있다면 뭐든 하지."

　"얌전히 공부해야 해."

　"물론."

　스칼라는 환하게 웃는 배도빈을 보며 약속하듯 고개를 끄
덕였다.

to be continued